A LAGOA AZUL

PUBLICADO PELA PRIMEIRA VEZ EM 1908

HENRY DE VERE STACPOOLE

A LAGOA AZUL

TRADUÇÃO DE RACHEL AGAVINO

TRADUÇÃO Rachel Agavino	**CAPA** Jaqueline Florencio e Marina Avila
PREPARAÇÃO João Rodrigues	**DIAGRAMAÇÃO** Marina Avila
REVISÃO Karine Ribeiro e Bárbara Parente	1ª edição ǀ 2024 Capa dura ǀ Ipsis

DADOS INTERNACIONAIS DE CATALOGAÇÃO NA PUBLICAÇÃO (CIP)
Catalogação na fonte: Bibliotecária responsável: Ana Lúcia Merege - CRB-7 4667

S 775
Stacpoole, Henry de Vere
 A lagoa azul / Henry de Vere Stacpoole; tradução de Rachel Agavino. - São Caetano do Sul, SP: Wish, 2024.
 256 p.

ISBN 978-85-67566-72-6 (Capa dura)

1. Ficção irlandesa I. Agavino, Rachel II. Título

CDD 828.9915

ÍNDICE PARA CATÁLOGO SISTEMÁTICO:
1. Ficção: Literatura irlandesa 828.9915

EDITORA WISH
www.editorawish.com.br
Redes Sociais: @editorawish
São Caetano do Sul - SP - Brasil

© **Copyright** 2024. Este livro possui direitos de tradução e projeto gráfico reservados e não pode ser distribuído ou reproduzido, ao todo ou parcialmente, sem prévia autorização por escrito da editora.

HENRY DE VERE STACPOOLE

A LAGOA AZUL

Talvez em nenhum lugar do mundo fosse possível apreciar a esplêndida indiferença da Natureza para com os grandes assuntos do Homem quanto ali.

SUMÁRIO

LIVRO UM

I	ONDE A BANHA QUEIMA NA LATA	9
II	SOB AS ESTRELAS	14
III	A SOMBRA E O FOGO	21
IV	E, COMO UM SONHO, SE DISSOLVEU	26
V	VOZES OUVIDAS NA NÉVOA	32
VI	O AMANHECER NUM MAR MUITO...	38
VII	A HISTÓRIA DO PORCO E DO BODE	47
VIII	"S-H-E-N-A-N-D-O-A-H"	51
IX	SOMBRAS AO LUAR	59
X	A TRAGÉDIA DOS BARCOS	66
XI	A ILHA	71
XII	A LAGOA AZUL-CELESTE	76
XIII	MORTE VELADA COM LÍQUEN	84
XIV	ECOS DA TERRA DAS FADAS	89
XV	BELÍSSIMAS IMAGENS NO AZUL	95
XVI	A POESIA DA APRENDIZAGEM	98
XVII	O BARRIL DO DIABO	109
XVIII	A CAÇA AOS RATOS	114
XIX	A LUZ DAS ESTRELAS NA ESPUMA	119
XX	O SONHADOR NO RECIFE	124
XXI	A GUIRLANDA DE FLORES	130
XXII	SOZINHOS	134
XXIII	ELES SE MUDAM	137

LIVRO DOIS

I	SOB A SEQUOIA	141
II	MEIO CRIANÇA, MEIO SELVAGEM	144
III	O DEMÔNIO DO RECIFE	151
IV	O QUE A BELEZA ESCONDE	155
V	O SOM DE UM TAMBOR	161
VI	VELAS AO MAR	165
VII	A ESCUNA	172
VIII	O AMOR ENTRA EM CENA	177
IX	O SONO DO PARAÍSO	182
X	LUA DE MEL NA ILHA	184
XI	O DESAPARECIMENTO DE EMMELINE	187
XII	O DESAPARECIMENTO DE EMMELINE (CONT)	192
XIII	O RECÉM-CHEGADO	195
XIV	HANNAH	198
XV	A LAGOA DE FOGO	202
XVI	O CICLONE	206
XVII	AS FLORESTAS ATINGIDAS	211
XVIII	UMA ESTÁTUA CAÍDA	215
XIX	A EXPEDIÇÃO	218
XX	O GUARDIÃO DA LAGOA	225
XXI	A MÃO DO MAR	228
XXII	JUNTOS	230

LIVRO TRÊS

I	LOUCO LESTRANGE	233
II	O SEGREDO DO AZUL-MARINHO	236
III	CAPITÃO FOUNTAIN	240
IV	PARA O SUL	249

LIVRO I

PARTE I

CAPÍTULO I

ONDE A BANHA QUEIMA NA LATA

O sr. Button estava sentado num baú do mar com um violino sob a orelha esquerda. Ele tocava "Shan van vaught" e pontuava a música batendo o calcanhar esquerdo no chão do castelo de proa.

"Ó, os *frança* estão na baía,
Diz *Shan van vaught*."

Ele usava um macacão, camisa listrada e casaco de baeta — esverdeado em algumas partes por causa do sol e do sal. Um típico velho marinheiro, de ombros curvados e dedos que pareciam ganchos; uma figura que lembrava muito um caranguejo.

Seu rosto era como uma lua, que se mostra vermelha através das brumas tropicais; e, enquanto ele tocava o instrumento, exibia uma expressão de atenção tensa, como se o violino estivesse lhe contando histórias muito mais maravilhosas do que o velho e simples relato a respeito da baía de Bantry.

"Pat canhoto" era seu apelido no convés; não porque fizesse tudo com a mão esquerda, era apenas porque fazia tudo errado — ou quase tudo. Fosse rizando, enrolando ou manuseando um pote de banha — se havia um erro para ser cometido, ele o cometia.

Era celta, e nem mesmo todos os mares salgados que fluíram entre ele e Connaught naqueles mais de quarenta anos haviam lavado, de seu sangue, as raízes celtas ou, de sua alma, a crença em fadas. A natureza celta é um corante permanente, e a natureza do sr. Button era tal que, embora tivesse sido entorpecido e sequestrado por Larry Marr em 'Frisco, embora tivesse se embriagado na maioria dos portos do mundo, embora tivesse navegado com capitães ianques e sido maltratado por seus camaradas, ele ainda carregava dentro de si suas fadas — elas e um estoque muito grande de sua inocência enraizada.

Bem próximo à cabeça do músico havia uma rede da qual pendia uma perna; na penumbra, outras redes penduradas invocavam sugestões de lêmures e morcegos arbóreos. A bruxuleante lamparina a querosene lançava sua luz à frente, passando da base dos gurupés para os totens esculpidos em madeira na proa, iluminando, aqui, um pé descalço dependurado na lateral de um beliche, ali, um rosto do qual se projetava um cachimbo, acolá, um peito coberto de pelos escuros e enrolados, e mais além, um braço tatuado.

Era uma época antes de as velas de gávea dupla terem reduzido as tripulações dos navios, e antes de o castelo de proa do *Northumberland* ter uma companhia completa: um bando de ratos, como muitas vezes são chamados os americanos de ascendência holandesa que cruzam o cabo Horn — homens que, três meses antes, trabalhavam em fazendas e cuidavam de porcos em Ohio, velhos marinheiros experientes como Paddy Button —, uma mistura do melhor e do pior do mundo, como não se encontra em nenhum outro lugar tão pequeno quanto no castelo de proa de um navio.

O *Northumberland* havia experienciado uma terrível travessia em Horn. Enviado de Nova Orleans a 'Frisco, passara trinta dias batalhando contra ventos contrários e tempestades — lá embaixo, onde os mares são tão vastos que, com sua amplitude, três ondas podem cobrir mais de uma milha de espaço marítimo; havia passado trinta dias ao largo do cabo Stiff, e agora mesmo, no momento desta história, estava atracado em calma ao sul da linha.

O sr. Button terminou sua música com um gesto de reverência e passou a manga direita do casaco pela testa. Depois pegou um cachimbo coberto de fuligem, encheu-o de tabaco e acendeu-o.

— Pawthrick — chamou uma voz arrastada da rede acima, da qual pendia a perna —, que papo foi aquele que você começou outra noite sobre uma lebre no chão?

— O que no chão? — perguntou o sr. Button, erguendo o olho para o fundo da rede enquanto segurava o fósforo no cachimbo.

— Era sobre um treco verde — uma voz holandesa sonolenta veio de um beliche.

— Ah, um Leprechaun, seu tonto. Sim, a irmã da minha mãe tinha um em Connaught.

— Como ele era? — perguntou a sonhadora voz holandesa, uma voz aparentemente possuída pela calma que tornara o mar um espelho nos últimos três dias, reduzindo toda a companhia do navio, por ora, a preguiçosos.

— Como? Ora, era como um Leprachaun; e como mais seria?

— E como é isso? — persistiu a voz.

— Ele era um homenzinho não muito maior que um grande rabanete bifurcado, e tão verde quanto um repolho. Minha tia tinha um na casa dela em Connaught nos velhos tempos. Ó, eita! Eita! Os velhos tempos, os velhos tempos! Agora, vocês podem acreditar em mim ou não, mas daria pra colocá-lo no seu bolso, e sua cabeça verde como a grama não ficaria com mais do que a pontinha para fora. Ela o mantinha num armário na cozinha, de onde ele pulava se houvesse uma brechinha sequer aberta, e então se enfiava nas panelas de leite, ou debaixo das camas, ou puxava o banco na hora que alguém ia se sentar, ou fazia qualquer outra diabrura. Perseguia o porco, a criatura!, até o animal ficar com as costelas parecendo um guarda-chuva velho de tanto susto, e tão magro quanto um galgo de tanto correr pela manhã; ele remexia os ovos, de modo que os galos e as galinhas não soubessem quais eram os seus, e depois os pintinhos nasciam com duas cabeças e 27 patas. Aí você começava a persegui-lo, e então era como recolher a vela mestre, e então ele fugia, você indo atrás dele até você cair com o traseiro numa vala, e daí ele voltava para o armário.

— Ele era um troll — murmurou a voz holandesa.

— Eu estou te dizendo que era um Leprechaun, e não há como saber as diabruras de que era capaz. Às vezes, ele tirava o repolho da panela fervendo no fogo bem diante dos seus olhos, e acertava seu rosto com ele; e então, às vezes, você estendia o punho, e ele colocava uma moeda de ouro na sua mão.

— Queria que ele estivesse aqui! — murmurou uma voz de um beliche perto dos totens de madeira.

— Pawthrick — falou a voz da rede acima —, qual é a primeira coisa que você faria se encontrasse vinte libras no bolso?

— De que adianta me perguntar isso? — respondeu o sr. Button. — Qual é a utilidade de vinte libras para um marinheiro no mar, onde todo grogue é água e toda carne é de cavalo? Me dê esse dinheiro em terra firme e então vai ver só o que eu faria com ele!

— Acho que o dono da taberna mais próxima não veria você trançando as pernas — disse uma voz de Ohio.

— Não mesmo — disse o sr. Button. — Nem você. Malditos sejam o grogue e aquele que o vende!

— É muito fácil falar — alfinetou Ohio. — Você amaldiçoa o grogue no mar, quando não pode tê-lo; mas é só desembarcar, que enche a cara.

— Gosto de ficar bêbado — disse o sr. Button. — Sou livre para admitir; e sou o diabo quando a bebida está em mim, e esse ainda será o meu fim, ou minha velha mãe era uma mentirosa. "Pat", disse ela, na primeira vez que cheguei em casa, digamos, aos tropicões, "das tempestades você pode escapar, e das mulheres você pode escapar, mas o álcool vai te pegar". Quarenta anos atrás... quarenta!

— Bem — disse Ohio. — Ainda não te pegou.

— Não — respondeu o sr. Button —, mas vai.

CAPÍTULO II

SOB AS ESTRELAS

Foi uma noite maravilhosa no convés, repleta de toda a majestade e beleza da luz das estrelas e de uma calma tropical.

O Pacífico dormia; uma ondulação vasta e vaga que fluía de longe para o sul, sob a noite, elevava o *Northumberland* em suas ondulações ao som chocalhante das pontas dos recifes e ao rangido ocasional do leme; enquanto, no alto, perto do arco brilhante da Via Láctea, pendia o Cruzeiro do Sul, como uma pipa quebrada.

Estrelas no céu, estrelas no mar, estrelas aos milhões e milhões; tantas lâmpadas em chamas que o firmamento enchia a mente com a ideia de uma cidade vasta e populosa — embora não se ouvisse nenhum som de todo aquele esplendor vivo e cintilante.

Lá embaixo, na cabine — ou salão, como era chamado por cortesia —, estavam sentados os três passageiros do navio; um lendo à mesa, dois brincando no chão.

O homem à mesa, Arthur Lestrange, estava sentado com seus olhos grandes e fundos fixos num livro. Era evidente que estava tuberculoso — muito perto, de fato, de colher o resultado daquele último e mais desesperado remédio, uma longa viagem marítima.

Emmeline Lestrange, sua sobrinha — oito anos, uma menininha misteriosa, pequena para a idade, com pensamentos próprios, olhos de pupilas grandes, os quais pareciam portais para visões, e um rosto que parecia ter espiado este mundo por um momento, antes de subitamente se retrair —, sentada a um canto, segurando algo em seus braços e balançando-se ao ritmo de seus próprios pensamentos.

Dick, o filho mais novo de Lestrange, oito anos e pouquinho, estava em algum lugar debaixo da mesa. Eram de Boston, com destino a São Francisco, ou melhor, ao sol e ao esplendor de Los Angeles, onde Lestrange havia comprado uma pequena propriedade, na esperança de ali gozar da vida cuja duração seria renovada pela longa viagem marítima.

Enquanto estava sentado lendo, a porta da cabine foi aberta e uma forma feminina angulosa apareceu. Era a sra. Stannard, a camareira, e a chegada dela significava que era hora de dormir.

— Dicky — disse o sr. Lestrange, fechando seu livro e levantando a toalha da mesa alguns centímetros —, hora de dormir.

— Ah, ainda não, papai! — veio uma voz carregada de sono de debaixo da mesa. — Eu ainda não estou pronto. Não quero ir pra cama, eu... Oi, ai!

A sra. Stannard, que conhecia seu trabalho, se agachou debaixo da mesa, agarrou-o pelo pé e puxou-o para fora enquanto o garoto chutava, brigava e chorava ao mesmo tempo.

Emmeline, por sua vez, olhou para cima e reconheceu o inevitável, levantou-se e, segurando de cabeça para baixo numa das mãos a horrível boneca de pano que estava embalando, esperou que Dicky, depois de uns últimos gritos inúteis, de repente secasse os olhos e erguesse o rosto molhado de lágrimas para o pai beijar. Então ela apresentou a testa solenemente ao tio, recebeu um beijo e desapareceu, conduzida pela mão até uma cabine ao lado do salão.

O sr. Lestrange voltou a seu livro, mas não havia lido por muito tempo quando a porta da cabine foi aberta de novo, e Emmeline, de camisola, reapareceu segurando um embrulho de papel pardo na mão, mais ou menos do mesmo tamanho deste livro que você está lendo.

— Minha caixa — disse ela e, enquanto falava, segurando-a como se para provar que era segura, o rostinho simplório se tornou o rosto de um anjo.

Ela sorrira.

Quando Emmeline Lestrange sorria, era como se a luz do Paraíso de repente brilhasse em seu rosto: a forma mais afortunada da beleza infantil aparecia, de súbito, diante de seus olhos, deslumbrando a todos — e desaparecia.

Então ela saiu com sua caixa, e o sr. Lestrange voltou a seu livro.

Essa caixa de Emmeline, devo abrir um parêntese, deu mais problemas a bordo do que todo o resto da bagagem dos passageiros junto. Tinha lhe sido dada de presente por uma amiga, no momento de sua partida de Boston, e o que continha era um segredo obscuro para todos a bordo, exceto para sua dona e o tio; ela era uma mulher — ou, ao menos, a promessa de uma mulher —, mas guardava esse segredo para si mesma, um fato a que você deve se atentar.

O problema da caixa era que se perdia com frequência. Talvez suspeitando que fosse uma sonhadora pouco prática num mundo cheio de ladrões, a menina a carregava consigo para cima e para baixo, por segurança; sentava-se atrás de um rolo de corda e se deixava absorver pela distração: era trazida de volta à vida pelas atividades da tripulação, rizando ou enrolando as velas, ou fazendo qualquer outra coisa, então ela se levantava para supervisionar as atividades — e, de repente, se dava conta de que havia perdido a caixa.

E então ela absolutamente assombrava o navio. De olhos arregalados e rosto aflito, a garota vagava de um lado para o outro, espiando a galé, espiando pela escotilha dianteira, sem nunca proferir uma palavra ou lamento sequer, procurando como um fantasma atormentado, mas muda.

Ela parecia envergonhada de falar de sua perda, de deixar qualquer pessoa saber disso; mas todos sabiam assim que a viam, para usar a expressão do sr. Button, "à caça", e todos saíam à caça da caixa.

Curiosamente, era Paddy Button quem geralmente a encontrava. Ele que, aos olhos dos homens, estava sempre fazendo a coisa errada, em geral fazia a coisa certa aos olhos das crianças. Elas, de fato, quando conseguiam chegar ao sr. Button, chegavam a ele *con amore*. Ele lhes era tão interessante quanto um show das marionetes Punch e Judy ou uma banda alemã — ou quase isso.

Depois de um tempo, o sr. Lestrange fechou o livro que estava lendo, olhou em volta e suspirou.

A cabine do *Northumberland* era um lugar bastante agradável, perfurada pela haste polida do mastro da mezena, acarpetada com um tapete Axminster e guarnecida com espelhos colocados nos painéis de pinho branco. Lestrange estava olhando para o reflexo de seu rosto num desses espelhos fixados exatamente de frente para onde ele estava sentado.

Sua magreza era terrível, e talvez tenha sido esse o momento em que ele reconheceu pela primeira vez o fato de que não apenas deveria morrer, mas que seria em breve.

Assim, afastou-se do espelho e sentou-se por um tempo com o queixo apoiado na mão e os olhos fixos numa mancha de tinta na toalha da mesa; então se levantou e, atravessando a cabine, subiu laboriosamente a escada até o convés.

Ao encostar-se no parapeito da amurada para recuperar o fôlego, o esplendor e a beleza da noite do sul atingiram seu coração com uma pontada cruel. Sentou-se numa espreguiçadeira e olhou para a Via Láctea, aquele grande arco triunfal feito de sóis que a aurora varria como um sonho.

Na Via Láctea, próximo ao Cruzeiro do Sul, ocorre um terrível abismo circular, o Saco de Carvão. Tão nitidamente definido, sugerindo com tamanha força uma caverna vazia e sem fundo, que o contemplar aflige a mente imaginativa com vertigem. A olho nu, é tão escuro e sombrio quanto a morte, mas o menor telescópio o revela belo e repleto de estrelas.

Os olhos de Lestrange viajaram desse mistério para o cruzeiro cintilante, e as incontáveis estrelas sem nome se estendiam até a linha do mar, onde empalideciam e desapareciam à luz da lua nascente. Então ele percebeu uma figura passeando pelo tombadilho. Era o "Velho".

Um capitão do mar é sempre o "velho", independentemente da sua idade. A idade do capitão Le Farges podia ser 45 anos. Era um marinheiro do tipo Jean Bart, de ascendência francesa, mas um americano naturalizado.

— Não sei para onde foi o vento — disse o capitão ao se aproximar do homem na cadeira de bordo. — Acho que abriu um buraco no firmamento e escapou para algum lugar do além.

— Tem sido uma longa viagem — comentou Lestrange. — E estou achando, capitão, que será uma viagem longa demais para mim. Meu porto não é 'Frisco. Sinto isso.

— Não fique pensando nesse tipo de coisa — repreendeu o outro, sentando-se numa cadeira próxima. — Não há como prever o tempo com um mês de antecedência. Agora que estamos em águas calmas, sua visão vai se firmar e você estará tão ereto e ágil quanto qualquer um de nós, antes de buscarmos os Portões Dourados.

— Estou pensando nas crianças — continuou Lestrange, parecendo não ouvir as palavras do capitão. — Se alguma coisa acontecer comigo antes de chegarmos ao porto, gostaria que você fizesse algo por mim. É apenas isto: descarte meu corpo sem... sem que as crianças saibam. É algo que tenho pensado em lhe pedir já há alguns dias. Capitão, essas crianças não sabem nada sobre a morte.

Le Farge se mexeu inquieto na cadeira.

— A mãe da pequena Emmeline morreu quando ela tinha dois anos. Seu pai, meu irmão, morreu antes de ela nascer. Dicky nunca conheceu a mãe; ela morreu no parto. Meu Deus, capitão, a morte lançou sua mão pesada sobre minha família; dá para imaginar que a escondi dessas duas criaturas que eu amo tanto!

— Ai, ai — disse Le Farge —, isso é triste! Muito triste!

— Quando eu era pequenino — continuou Lestrange —, não mais velho que Dicky, minha babá costumava me aterrorizar com histórias sobre pessoas mortas. Diziam-me que, se não fosse um bom menino, eu iria para o inferno quando morresse. Não posso nem lhe dizer o quanto isso envenenou minha vida, pois os pensamentos que temos na infância, capitão, são os pais dos pensamentos que temos quando crescemos. E um pai doente pode ter filhos saudáveis?

— Acredito que não.

— Então, quando essas duas criaturinhas chegaram aos meus cuidados, decidi que faria tudo ao meu alcance para protegê-las dos terrores da vida. Ou, melhor dizendo, do terror da morte. Não sei se fiz certo, mas foi com a melhor das intenções. Eles tinham uma gata, e um dia Dicky veio até mim e disse: "Pai, a gatinha está no jardim dormindo, e não consigo acordá-la". Então eu o levei para dar uma volta; havia um circo na cidade, e o levei até lá. Isso ocupou a mente dele de tal maneira que quase se esqueceu da gata. No dia seguinte, perguntou por ela. Eu não lhe contei que ela estava enterrada no jardim, apenas disse que ela devia ter fugido. Em uma semana, ele tinha se esquecido completamente dela... as crianças esquecem fácil.

— Sim, é verdade — disse o capitão do mar. — Mas parece-me que em algum momento elas devem aprender que todos precisam morrer.

— Se eu pagar a pena antes de chegarmos a terra e for lançado nesse grande e vasto mar, não gostaria que os sonhos das crianças fossem assombrados por esse pensamento: apenas diga a eles que embarquei em outro navio. Você os levará de volta a Boston. Tenho aqui, numa carta, o nome de uma senhora que vai cuidar deles. Dicky ficará bem, no que diz respeito aos bens materiais, e Emmeline também. Apenas diga a eles que embarquei em outro navio... as crianças esquecem fácil.

— Farei o que você me pede — disse o marinheiro.

A lua estava no horizonte agora, e o *Northumberland* estava à deriva num rio de prata. Cada mastro era nítido, cada ponto de rizadura nas grandes velas e os conveses pareciam espaços de gelo cortados por sombras escuras como o ébano.

Enquanto os dois homens permaneciam sentados em silêncio, perdidos em seus próprios pensamentos, uma pequena figura branca emergiu da escotilha do salão. Era Emmeline. A garotinha era uma sonâmbula declarada — uma antiga mestra nessa arte.

Mal havia pisado na terra dos sonhos, tinha perdido sua preciosa caixa, e agora a estava procurando nos conveses do *Northumberland*.

O sr. Lestrange levou o dedo aos lábios, tirou os sapatos e a seguiu em silêncio. Ela procurou atrás de um rolo de corda, tentou abrir a porta da galé; vagou para lá e para cá, de olhos arregalados e rosto perturbado, até que por fim, na sombra do galinheiro, encontrou seu tesouro visionário. Então voltou, segurando a camisola com uma das mãos, para não tropeçar, e sumiu no salão com muita pressa, como se estivesse ansiosa para voltar para a cama, o tio logo atrás, com a mão estendida para segurá-la caso tropeçasse.

CAPÍTULO III

A SOMBRA E O FOGO

Era o quarto dia da longa calmaria. Um toldo havia sido montado na popa para os passageiros, e Lestrange estava sentado sob ele, tentando ler, enquanto as crianças tentavam brincar. O calor e a monotonia haviam reduzido até mesmo Dicky a apenas uma massa carrancuda, de movimentos lânguidos como os de uma larva. Quanto a Emmeline, ela parecia atordoada. A boneca de pano estava largada a um metro de distância no tombadilho, sem ser acalentada; a garota parecia ter se esquecido por completo até mesmo da pobre caixa e seu paradeiro.

— Papai! — gritou de repente Dick, que havia subido e estava olhando por cima da amurada.

— O que foi?

— Peixe!

Lestrange levantou-se, foi à popa e olhou por cima da amurada.

Lá embaixo, no vago verde da água, algo pálido e comprido se moveu — uma forma medonha. Ela desapareceu; e então veio uma outra, aproximou-se da superfície e se mostrou com mais plenitude. Lestrange viu seus olhos, viu a barbatana escura e todo o comprimento hediondo da criatura; um estremecimento o percorreu enquanto apertava Dicky.

— Ele não é incrível? — indagou o menino. — Papai, acho que se eu tivesse um anzol eu o puxaria a bordo. Por que não tenho um anzol, papai? Por que não tenho um anzol, papai? Ai, você está me apertando!

Algo puxou o casaco de Lestrange: era Emmeline — ela também queria olhar. Ele a pegou no colo; seu rostinho pálido espiava por cima do parapeito, mas não havia nada para ver: as formas aterrorizantes tinham desaparecido, deixando as profundezas verdes intocadas e imaculadas.

— Qual é o nome deles, papai? — insistiu Dick, enquanto o pai o tirava do corrimão e o conduzia de volta à cadeira.

— Tubarões — informou Lestrange, cujo rosto estava coberto de suor.

Ele pegou o livro que estava lendo — era um volume de Tennyson —, sentou-se e o pousou nos joelhos, olhando para o convés principal iluminado pelo sol, barrado pelas sombras brancas do cordame.

O mar revelara-lhe uma visão. Poesia, Filosofia, Beleza, Arte, o amor e a alegria da vida — seria possível que tudo isso existisse no mesmo mundo?

Ele olhou para o livro sobre os joelhos e comparou as belas coisas contidas nele, das quais se lembrava, com as coisas terríveis que acabara de ver, as coisas que esperavam sua comida sob a quilha do navio.

Ouviram-se três badaladas — três e meia da tarde — e o sino do navio tinha acabado de tocar. A camareira apareceu para levar as crianças lá para baixo; e, enquanto eles desapareciam pelo corredor do salão, o capitão Le Farge veio para a popa e ficou parado por um momento, olhando o mar a bombordo, onde uma área nebulosa apareceu de repente como o espectro de um país.

— O sol diminuiu um pouco — disse ele. — Quase posso olhar na direção dele. Já chega de calmaria, há uma neblina se aproximando, já viu uma neblina do Pacífico?

— Não, nunca.

— Bem, você não vai querer ver outra — respondeu o marinheiro, protegendo os olhos e fixando-os na linha do mar.

A linha do mar a estibordo perdera um pouco de sua nitidez e, ao longo do dia, uma sombra quase imperceptível havia surgido.

O capitão desviou subitamente de sua contemplação do mar e do céu, ergueu a cabeça e farejou.

— Tem alguma coisa queimando em algum lugar... sente o cheiro? Parece-me um velho tapete ou algo assim. Deve ser aquele marinheiro inútil; se ele não está quebrando vidros, está derrubando lamparinas e abrindo buracos de queimadura no tapete. Deus *me* perdoe, mas eu preferiria ter uma dúzia de Mary Anns e suas pás de lixo em volta deste lugar do que um marinheiro idiota como Jenkins. — Ele foi para a escotilha do salão. — Você aí embaixo!

— Pois não, senhor?

— O que você está queimando?

— Não estou queimando nada, senhor.

— É o que você diz, mas estou sentindo o cheiro!

— Não tem nada queimando aqui, senhor.

— Se não é lá, é no convés. Algo na galé, talvez... trapos que, provavelmente, tacaram no fogo.

— Capitão! — chamou Lestrange.

— Pois não?

— Venha aqui, por favor.

Le Farge subiu no tombadilho.

— Não sei se é minha fraqueza que está afetando meus olhos, mas me parece que tem algo estranho no mastro principal.

O mastro principal, perto de onde sua estrutura entrava no convés e um pouco mais acima, parecia em movimento — um movimento de saca-rolhas muito estranho de se observar de debaixo do toldo.

Esse movimento aparente era causado por uma espiral de fumaça tão vaga que só se poderia perceber sua existência pelo tremor semelhante a uma miragem do mastro em torno do qual se enrolava.

— Meu Deus! — gritou Le Farge, saltando do tombadilho e correndo para a frente.

Lestrange o seguiu lentamente, parando a cada momento para agarrar-se na amurada e tomar fôlego. Ouviu as notas estridentes de pássaros emitidas pelo cachimbo do contramestre. Viu as mãos emergindo do castelo de proa, como abelhas saindo da colmeia; observou os homens cercando o mastro principal. Viu a lona e as barras de bloqueio serem removidas. Viu a escotilha aberta e uma explosão de fumaça — fumaça escura e vil — subir ao céu, sólida como uma pluma no ar sem vento.

Lestrange era um homem de temperamento bastante nervoso, e é justo esse tipo de homem que consegue manter a cabeça no lugar numa emergência, enquanto um indivíduo fleumático e equilibrado perde as estribeiras. Seu primeiro pensamento foram as crianças, o segundo foram os barcos.

Na destruição do cabo Horn, o *Northumberland* perdeu vários de seus barcos. Restavam o escaler, o barquinho e o bote. Ele ouviu a voz de Le Farge ordenando que a escotilha fosse fechada e as bombas, acionadas, para inundar o porão; e, sabendo que não podia fazer nada no convés, dirigiu-se o mais rápido que pôde para a escada do salão.

A sra. Stannard estava saindo da cabine das crianças.

— As crianças já estão na cama, sra. Stannard? — perguntou Lestrange, quase sem fôlego devido à excitação e ao esforço dos últimos minutos.

A mulher olhou para ele com olhos assustados. Ele parecia o próprio arauto do desastre.

— Pois se estiverem e você os tiver trocado, então deve vestir suas roupas novamente. O navio está em chamas, sra. Stannard.

— Minha Nossa Senhora, senhor!

— Ande com isso! — disse Lestrange.

Distante, fino e lúgubre como o grito das gaivotas numa praia deserta, vinha o tinir das bombas-d'água.

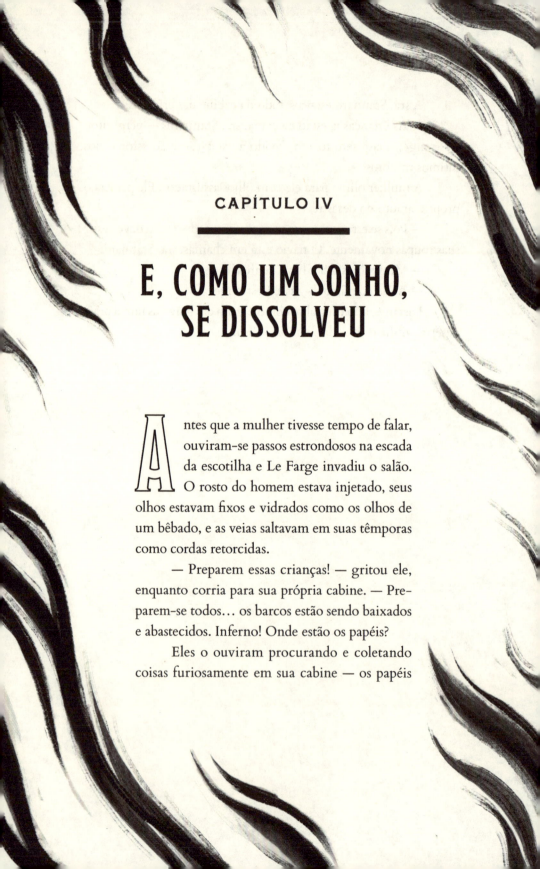

CAPÍTULO IV

E, COMO UM SONHO, SE DISSOLVEU

Antes que a mulher tivesse tempo de falar, ouviram-se passos estrondosos na escada da escotilha e Le Farge invadiu o salão. O rosto do homem estava injetado, seus olhos estavam fixos e vidrados como os olhos de um bêbado, e as veias saltavam em suas têmporas como cordas retorcidas.

— Preparem essas crianças! — gritou ele, enquanto corria para sua própria cabine. — Preparem-se todos… os barcos estão sendo baixados e abastecidos. Inferno! Onde estão os papéis?

Eles o ouviram procurando e coletando coisas furiosamente em sua cabine — os papéis do navio, contas, coisas às quais o mestre marinheiro se agarra enquanto se agarra à vida; e enquanto procurava, encontrava e fazia as malas, continuava gritando ordens para que as crianças fossem levadas ao convés. Ele parecia meio louco, e de fato estava meio louco com o conhecimento da coisa terrível que estava armazenada no meio da carga.

No convés, a tripulação, sob a direção do primeiro imediato, trabalhava de maneira ordenada e com vontade, totalmente inconsciente de que, sob seus pés, havia algo além de uma carga comum em chamas. As cobertas dos barcos haviam sido retiradas, barris de água e sacos de biscoito foram colocados neles. O bote, o menor dos barcos e o mais fácil de escapar, estava pendurado no tombadilho de bombordo; e Paddy Button estava estocando um barril de água nele, quando Le Farge irrompeu no convés, seguido pela camareira carregando Emmeline e pelo sr. Lestrange, que trazia Dick. O bote era bem maior do que o bote dos navios comuns, e tinha um pequeno mastro e uma vela longa. Dois marinheiros estavam prontos para soltar a vela, e Paddy Button estava se virando para avançar novamente quando o capitão o agarrou.

— Entre naquele bote — gritou — e reme para levar essas crianças e o passageiro a uma milha do navio... duas milhas... três milhas... até que ele seja um ponto distante no mar.

— Claro, querido capitão, eu deixei meu violino no...

Le Farge largou no chão a trouxa de coisas que trazia debaixo do braço esquerdo, agarrou o velho marinheiro e lançou-o contra a amurada, como se pretendesse atirá-lo ao mar lançando-o *sobre* a amurada.

No momento seguinte, o sr. Button estava no bote. Emmeline foi entregue a ele, de rosto pálido e olhos arregalados, segurando algo embrulhado num pequeno xale; depois foi Dick, e então ajudaram o sr. Lestrange a passar por cima da amurada.

— Não há mais espaço! — gritou Le Farge. — Você vai no escaler, sra. Stannard, se tivermos que deixar o navio. Baixem o bote! Baixem!

O bote desceu em direção ao mar azul e suave, beijou-o e boiou.

O sr. Button, antes de embarcar no navio em Boston, havia passado um bom tempo no cais, sem dinheiro para se divertir numa taverna. Ele tinha visto algo do embarque do *Northumberland* e ouvido mais de um estivador. Assim que baixou as velas e pegou os remos, tal conhecimento despertou em sua mente, vivo e lúgubre. Ele deu um grito que fez os dois marinheiros se inclinarem para o lado.

— Idiotas!

— Ei, ei!

— Corram por suas vidas... acabei de lembrar... há dois barris de pólvora no porão!

E então ele se inclinou sobre os remos, como nenhum homem jamais se inclinara antes.

Lestrange, sentado na parte traseira, abraçado a Emmeline e Dick, não viu nada por um momento depois de ouvir essas palavras. As crianças, que não sabiam nada sobre pólvora e seus efeitos, embora meio assustadas com todo o tumulto e a agitação, ainda estavam alegres e satisfeitas por se encontrarem no barquinho tão perto do lindo mar azul.

Dick colocou o dedo na lateral, de modo que fez uma ondulação na água (a experiência mais deliciosa da infância). Emmeline, com a mão entrelaçada na de seu tio, observava o sr. Button com uma espécie de profundo prazer.

Ele certamente era uma visão a que valia a pena assistir. Sua alma estava cheia de tragédia e terror. Sua imaginação celta ouviu o navio explodindo, viu a si mesmo e o pequeno bote em pedaços — não, viu a si mesmo no inferno, brindando com os "demo".

Mas a tragédia e o terror não encontraram espaço para expressão em seu rosto afortunado ou infeliz. Ele bufou e soprou, projetando as bochechas para o céu enquanto puxava os remos, fazendo cento e uma caretas — tudo resultado da agonia da mente, mas sem expressá-la. Atrás deles estava o navio, não mais uma imagem sem sua parte mais leve. O escaler e o outro barco, baixados às pressas e transportados pelo mar pela misericórdia da Providência, flutuavam ao lado do *Northumberland*.

Do navio, homens se lançavam ao mar como ratos d'água, nadando como patos, subindo a bordo dos barcos da forma que conseguiam.

Da escotilha principal entreaberta, a fumaça negra, agora misturada com faíscas, subia firme, rápida e maldosa, como se atravessada pelos dentes semicerrados de um dragão.

A uma milha do *Northumberland* estava a neblina. Parecia sólida, como um vasto país que de repente e estranhamente tivesse se erguido no mar — um país onde nenhum pássaro cantava e nenhuma árvore crescia. Um país com falésias brancas e escarpadas, sólidas à vista como as falésias de Dover.

— Não aguento mais! — bufou o remador de repente, apoiando o cabo dos remos sob a dobra dos joelhos e curvando-se como se estivesse se preparando para golpear os passageiros na parte de trás da embarcação. — Exploda ou afunde, estou exausto... não me chute para fora, estou exausto!

O sr. Lestrange, branco como um fantasma, mas um pouco recuperado de seu primeiro horror, deu um tempo para ele se recuperar e virou-se para olhar o navio. Parecia muito distante, e os barcos, bem longe do *Northumberland*, avançavam furiosamente em direção ao bote. Dick ainda estava brincando com a água, mas os olhos de Emmeline estavam totalmente ocupados com Paddy Button. Coisas novas eram sempre de grande interesse para sua mente contemplativa, e essas atitudes de seu velho amigo sem dúvida eram novas.

Ela o tinha visto lavar o convés, dançar com animação, dar a volta em todo o convés principal de quatro, com Dick nas costas, mas nunca o tinha visto assim antes.

Ela percebeu agora que ele estava exausto, e também preocupado com alguma coisa, e assim, colocando a mão no bolso do vestido, procurou por algo que sabia que estava ali. Ela pegou uma tangerina e, inclinando-se para a frente, tocou a cabeça dele com a fruta.

O sr. Button levantou a cabeça, olhou vagamente por um segundo, viu a fruta alaranjada oferecida e, ao vê-la, o pensamento da criança e sua inocência, ele mesmo e a pólvora, clareou sua mente deslumbrada, e ele pegou os remos novamente.

— Papai — disse Dick, que estava olhando para trás —, há nuvens perto do navio.

Em um intervalo incrivelmente curto, os sólidos penhascos de neblina se abriram. O vento fraco que os havia formado também os tinha partido e agora formava com ela as imagens e visões mais maravilhosas e estranhas de se ver. Cavaleiros de névoa cavalgavam sobre a água e se dissolviam; ondas rolavam no mar, mas não eram do mar; cobertores e espirais de vapor ascendiam alto ao céu. E tudo com um terrível movimento lânguido. Vasta, preguiçosa e sinistra, mas firme em seu propósito como o Destino ou a Morte, a névoa avançava, tomando o mundo para si.

Contra esse fundo cinza e sombrio de uma forma impossível de se descrever, estava o navio fumegante com a brisa já tremendo em suas velas, e a fumaça de sua escotilha principal soprando e acenando como se para os barcos em retirada.

— Por que o navio está soltando fumaça assim? — perguntou Dick. — E olhe para aqueles barcos se aproximando... quando vamos voltar, papai?

— Tio, estou com medo — disse Emmeline, colocando a mão na dele, enquanto olhava para o navio e para além dele.

— O que a assusta, Emmy? — perguntou Lestrange, puxando-a para si.

— As formas — respondeu Emmeline, aninhando-se ao seu lado.

— Ah, Glória a Deus! — engasgou-se o velho marinheiro, de repente descansando em seus remos. — Você vai querer ver o nevoeiro que está vindo...

— Acho melhor esperarmos os barcos aqui — disse Lestrange. — Estamos longe o suficiente agora para estarmos em segurança caso... alguma coisa aconteça.

— Sim, sim — respondeu o remador, cujo juízo havia voltado. — Exploda ou afunde, não vai nos atingir aqui.

— Papai — chamou Dick —, quando vamos voltar? Eu quero meu chá.

— Não vamos voltar, meu filho — respondeu o pai. — O navio está em chamas; estamos esperando outro navio.

— Onde está o outro navio? — perguntou o menino, olhando em volta para o horizonte, que estava claro.

— Ainda não podemos vê-lo — respondeu o pobre homem —, mas ele virá.

O escaler e o barco se aproximavam lentamente. Pareciam besouros rastejando sobre a água, e, atrás deles, pela superfície brilhante, vinha um embotamento que tirava o brilho do mar — um embotamento que varria e se espalhava como a sombra de um eclipse.

Então o vento atingiu o bote. Era como um vento do país das fadas, quase imperceptível, frio e escurecendo o sol. Um vento vindo de Lilliput. Quando atingiu o bote, o nevoeiro tomou o navio distante.

Foi uma visão extraordinária, pois em menos de trinta segundos o navio de madeira tornou-se um navio de gaze, um rendilhado — tremeluziu e desapareceu de vista para sempre.

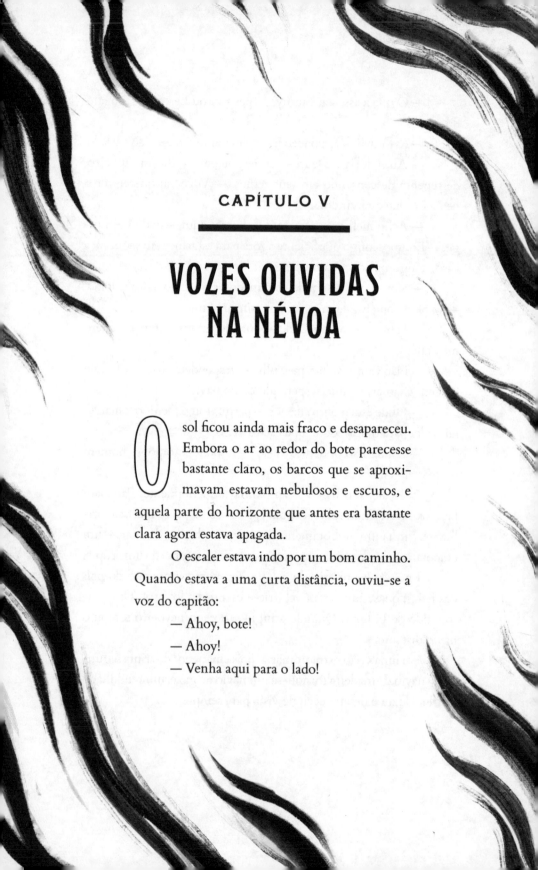

CAPÍTULO V

VOZES OUVIDAS NA NÉVOA

O sol ficou ainda mais fraco e desapareceu. Embora o ar ao redor do bote parecesse bastante claro, os barcos que se aproximavam estavam nebulosos e escuros, e aquela parte do horizonte que antes era bastante clara agora estava apagada.

O escaler estava indo por um bom caminho. Quando estava a uma curta distância, ouviu-se a voz do capitão:

— Ahoy, bote!
— Ahoy!
— Venha aqui para o lado!

O escaler parou de remar para esperar o outro barco que se aproximava bem devagar. Era um barco pesado para remar o tempo todo, e agora estava sobrecarregado.

A ira de Le Farge com Paddy Button pela forma como ele abandonou a tripulação era profunda, mas o capitão não teve tempo de dar vazão a ela.

— Aqui, suba a bordo, sr. Lestrange! — disse ele, quando o bote emparelhou. — Temos espaço para um. A sra. Stannard está no barco de apoio, e está superlotado; ela ficará melhor a bordo do bote, onde poderá cuidar das crianças. Venha, apresse-se, o nevoeiro está caindo sobre nós com muita rapidez. Ahoy! — gritou para o barco menor — Depressa! Depressa!

O barco havia desaparecido de repente.

O sr. Lestrange subiu no escaler. Paddy empurrou o bote alguns metros de distância com a ponta de um remo e depois ficou deitado nos remos, esperando.

— Ahoy! Ahoy! — gritou Le Farge.

— Ahoy! — veio a resposta do meio da neblina.

No momento seguinte, o escaler e o bote sumiram das vistas um do outro: o grande bloco de neblina os havia envolvido.

Algumas remadas a bombordo teriam levado o sr. Button para o lado do escaler, tão perto ele estava; mas o outro barco estava em sua mente, ou melhor, em sua imaginação, então o que ele deveria fazer senão dar três braçadas poderosas na direção em que imaginava que o barco estaria.

O resto eram vozes.

— Bote, ahoy!

— Ahoy!

— Ahoy!

— Não fiquem gritando ao mesmo tempo, ou não saberei para que lado remar. Barco, ahoy! Onde vocês estão?

— A bombordo do seu leme!

— Sim, sim! — Colocando o leme, por assim dizer, para estibordo. — Vou chegar a vocês em um minuto... na verdade em dois ou três minutos, remando com força.

— Ahoy! — ouviu-se, mas muito mais fraco.

— Por que você está remando para longe de mim? — Uma dúzia de golpes.

— Ahoy! — ainda mais fraco.

O Sr. Button descansou seus remos.

— O diabo os carregue... acho que era o escaler gritando.

Ele pegou seus remos novamente e remou com vigor.

— Paddy — soou a vozinha de Dick, aparentemente do nada —, onde estamos agora?

— Ora, estamos num nevoeiro; onde mais estaríamos? Não tenha medo.

— Eu não estou com medo, mas Em está tremendo.

— Dê o meu casaco a ela — disse o remador, apoiando-se nos remos e tirando-o. — Enrole-o em volta dela; e, quando tiver feito isso, nós três vamos dar um grande grito juntos. Há um velho xale no barco, mas não posso procurar por ele agora.

Ele estendeu o casaco e uma mão quase invisível o pegou; ao mesmo tempo, um tremendo estalo sacudiu o mar e o céu.

— Lá se vai ele — disse o Sr. Button. — E meu velho violino e tudo mais. Não tenha medo, criança; é apenas uma arma que eles estão atirando por diversão. Agora, vamos gritar juntos. Vocês estão prontos?

— Sim, sim — respondeu Dick, que era mestre na arte de imitar como os marinheiros falavam.

— Oláááá! — gritou Pat.

— Oláááá! Oláááá! — repetiram Dick e Emmeline.

Ouviram uma resposta fraca, mas era difícil dizer de onde vinha. O velho remou algumas braçadas e depois parou os remos. A superfície do mar estava tão quieta que o murmúrio da água na proa do barco enquanto ele avançava sob o ímpeto da última remada poderosa podia ser ouvido com distinção. Ele se extinguiu enquanto a água seguia seu caminho, e o silêncio se fechou ao redor deles como um anel.

A luz de cima, luz essa que parecia atravessar uma vasta escotilha de vidro profundamente abafada, por mais fraca que fosse, quase à extinção, ainda variava à medida que o pequeno barco flutuava através das camadas da névoa.

Um grande nevoeiro marítimo não é homogêneo — sua densidade varia: é como um emaranhado de ruas, tem suas cavernas de ar puro, seus picos de vapor sólido, tudo se movendo e mudando de lugar com a sutileza da prestidigitação. Tem também essa peculiaridade de feitiçaria, que cresce com o pôr do sol e a chegada da escuridão.

O sol, eles poderiam ter visto, estava agora deixando o horizonte.

Eles chamaram novamente. Então esperaram, mas não houve resposta.

— Não adianta berrar como touros para sujeitos surdos como víboras — disse o velho marinheiro, lançando seus remos; imediatamente após essa declaração, ele deu outro grito, com o mesmo resultado no que dizia respeito a obter uma resposta.

— Sr. Button! — veio a voz de Emmeline.

— O que foi, querida?

— Eu... Eu estou... com medo.

— Espere um minuto até eu encontrar o xale... aqui está ele! Já vou embrulhar você com ele.

Ele se arrastou cautelosamente para a popa e pegou Emmeline em seus braços.

— Não quero o xale — disse Emmeline. — Não estou mais com tanto medo usando o seu casaco.

O casaco velho e áspero com cheiro de tabaco de alguma forma lhe dava coragem.

— Bem, então fique com ele. Dicky, você está com frio?

— Vesti o sobretudo do papai; ele o deixou aqui.

— Bem, então vou colocar o xale em volta dos meus ombros, porque eu estou com frio. Vocês estão com fome, crianças?

— Não — disse Dick —, mas eu estou cansado... É... quer dizer...

— Com sono, não é? Bem, deite-se no fundo do barco, e aqui está o xale para fazer de travesseiro. Voltarei a remar num minutinho para me manter aquecido.

Ele abotoou o botão de cima do casaco.

— Eu estou bem — murmurou Emmeline com uma voz sonhadora.

— Feche bem os olhos — respondeu o sr. Button —, ou Billy Winker vai jogar areia neles.

"Shoheen, shoheen, shoheen, shoheen,
Sho-hu-lo, sho-hu-lo.
Shoheen, Shoheen, Shoheen, Shoheen,
Hush a by the babby O."

Era uma velha cantiga de ninar popular que cantavam nas choupanas da costa de Achill, fixada em sua memória, junto da chuva, do vento, do cheiro da relva queimada, do grunhido do porco e do rangido de um berço balançando de um lado para o outro.

— Ela dormiu — murmurou o sr. Button para si mesmo, enquanto a forma em seus braços relaxava.

Então, em seguida a deitou gentilmente ao lado de Dick. E se moveu para a frente, como um caranguejo. Feito isso, colocou a mão no bolso para pegar o cachimbo, o tabaco e o estopim. Mas eles estavam no bolso do casaco e, como Emmeline o vestia, procurá-los ia despertá-la.

A escuridão da noite agora se somava à cegueira do nevoeiro. O remador não conseguia ver nem mesmo os suportes dos remos. Ele se sentou à deriva, mente e corpo. Estava, para usar sua própria expressão, mutilado. Assombrado pela névoa, atormentado por "formas".

Era justamente em meio a uma neblina como aquela que os Merrows, seres marinhos da cultura irlandesa, podiam ser ouvidos divertindo-se na baía de Dunbeg e na costa de Achill. Tirando onda, rindo e gritando através da névoa, para desviar os pescadores desafortunados.

Os merrows não são de todo maus, mas têm cabelos e dentes verdes, rabos de peixe e barbatanas como braços; e ouvi-los chacoalhando na água ao seu redor como salmões, enquanto está sozinho num barquinho, com o pavor de um deles vir se debatendo a bordo, é o suficiente para deixar um homem com cabelos brancos.

Por um momento pensou em acordar as crianças para que lhe fizessem companhia, mas ficou envergonhado. Então voltou para os remos e remou movido pela forma como "sentia a água". O estalar dos remos era como a voz de um companheiro, e o exercício acalmou seus medos. De vez em quando, esquecendo-se das crianças adormecidas, dava um grito e parava para ouvir. Mas nenhuma resposta vinha.

E então, logo em seguida continuava a remar, com braçadas longas, firmes e laboriosas, cada uma levando-o ainda mais longe dos barcos que nunca mais voltaria a ver.

CAPÍTULO VI

O AMANHECER NUM MAR MUITO, MUITO VASTO

— Eu estava dormindo? — indagou-se o sr. Button, despertando de repente com um sobressalto. Ele havia parado os remos apenas para descansar um minuto. Devia ter dormido por horas, pois agora, por Deus!, soprava um vento quente e suave, a lua brilhava e a neblina havia desaparecido.

— Eu estava sonhando? — continuou o desperto. — Onde estou, afinal? Eita! Certo, aqui estou. Ó, *wirra*! *Wirra*! Sonhei que tinha dormido na escotilha principal e o navio explodiu com pólvora, e tudo se tornou realidade.

— Sr. Button! — soou uma pequena voz da parte de trás da embarcação. Era Emmeline.

— O quê, querida?

— Onde estamos agora?

— Sem dúvida estamos à deriva, querida; onde mais estaríamos?

— Onde está meu tio?

— Deve estar lá no escaler. Virá atrás de nós em um minuto.

— Estou com sede.

Ele encheu uma caneca de lata que estava ao lado do tonel de água e deu-lhe de beber. Depois tirou o cachimbo e o tabaco do bolso do casaco.

Ela adormeceu de novo quase imediatamente ao lado de Dick, que não se mexeu; e o velho marinheiro, levantando-se e se firmando, lançou os olhos ao redor do horizonte. Não havia sinal de vela ou barco em todo o mar enluarado.

Da baixa elevação de um barco aberto tem-se um horizonte muito pequeno, e no vago mundo de luar ao redor era possível que os barcos estivessem perto o suficiente para aparecer ao raiar do dia.

Mas barcos abertos separados por poucas milhas podem se distanciar longas léguas no decorrer de algumas horas. Nada é mais misterioso do que as correntes marinhas.

O oceano é um acúmulo de rios, alguns correndo rápidos; outros, lentos, e a uma légua de onde você está à deriva, movendo-se a uma milha por hora, outro barco pode estar a duas.

Uma leve brisa quente tremulava a água, misturando o luar e o brilho das estrelas; o oceano parecia um lago, mas o continente mais próximo ficava talvez a mil milhas de distância.

Os pensamentos da juventude podem ser muito, muito nostálgicos, porém não mais que os pensamentos desse velho marinheiro fumando seu cachimbo sob as estrelas. Pensamentos tão nostálgicos quanto o mundo é redondo. Bares em chamas em Callao — portos sobre cujas superfícies oleosas as sampanas deslizavam como besouros-de-água —, as luzes de Macau, as docas de Londres. Quase nunca uma imagem do mar, pura e simples, pois por que um velho marinheiro pensaria no mar, no qual a vida se resume a entrar e sair do castelo de proa, uma viagem se mistura e se confunde com outra e, depois de quarenta e cinco anos rizando velas, você nem consegue se lembrar de que navio Jack Rafferty caiu no mar, ou quem foi morto em que castelo de proa, embora ainda possa ver, como num espelho embaçado, a luta e o rosto ensanguentado sobre o qual um homem segura uma lamparina de querosene.

Duvido que Paddy Button conseguisse lembrar o nome do primeiro navio em que navegou. Se você lhe perguntasse, ele provavelmente responderia: "Não me lembro; era para o Báltico, num clima cruelmente frio, e eu fiquei muito enjoado, quase a ponto de pendurar as botas; e era 'Pela velha Irlanda!' que eu cantava o tempo todo num lamento, e o capitão me batia de volta com a ponta de uma corda... mas o nome da embarcação... não me lembro... maldita seja ela, seja qual for!".

Então ele se sentou, fumando seu cachimbo, enquanto as velas do céu queimavam acima dele, e ficou se lembrando de cenas de bêbados estrondosos e portos sombreados de palmeiras, e dos homens e mulheres que havia conhecido — e que homens e mulheres! Os renegados da terra e do oceano. Então ele pegou no sono novamente e, quando acordou, a lua havia desaparecido.

Agora, no céu a leste, era possível ver um pálido leque de luz, vago como a asa de um efemeróptero. Ele desapareceu e tudo voltou à escuridão.

Logo, e quase de uma só vez, um lápis de fogo traçou uma linha ao longo do horizonte a leste, e o céu tornou-se mais bonito do que uma pétala de rosa colhida em maio. A linha de fogo se contraiu num ponto crescente, logo no início da aurora.

À medida que a luz aumentava, o céu se tornava de um azul impossível de imaginar a menos que fosse visto, um azul-pálido, mas ainda assim vivo e cintilante, como se nascido do pó impalpável de safiras. Então todo o mar brilhou como a harpa de Apolo tocada pelos dedos do deus. A luz era música para a alma. Era dia.

— Papai! — gritou Dick de repente, sentando-se à luz do sol e esfregando os olhos com a palma das mãos abertas. — Onde estamos?

— Tudo bem, Dicky, meu filho! — exclamou o velho marinheiro, que estivera de pé lançando os olhos ao redor numa tentativa vã de avistar os barcos. — Seu pai está tão seguro quanto se estivesse no paraíso; ele estará conosco logo, logo, e trará outro navio com ele. Então você está acordada, Emmeline?

Emmeline, sentada com o velho casaco, assentiu em resposta, sem falar. Outra criança poderia ter complementado as perguntas de Dick sobre seu tio com seus próprios questionamentos, mas ela não fez isso.

Teria adivinhado que havia certo subterfúgio na resposta do sr. Button, e que as coisas eram diferentes do que ele estava tentando fazer parecer? Quem pode dizer?

Ela estava usando um quepe velho de Dick, que a sra. Stannard, na pressa e na confusão, havia colocado em sua cabeça. O quepe estava puxado de lado, e ela era uma figurinha bastante pitoresca ao se sentar sob a claridade da manhã, vestida com o velho casaco manchado de sal ao lado de Dick, cujo chapéu de palha estava em algum lugar no fundo do barco e cujos cachos ruivos balançavam na brisa fraca.

— Uhuuu! — gritou Dick, olhando em volta para a água azul e cintilante e batendo com uma madeira no fundo do barco. — Vou ser marinheiro, não vou, Paddy? Você vai me deixar navegar no barco, não vai, Paddy, e me ensinar a remar?

— Isso é fácil — disse Paddy, segurando o garoto. — Eu não tenho uma esponja ou toalha, mas vou lavar seu rosto com água salgada e deixá-lo secar no sol.

Ele encheu a lata com água do mar.

— Eu não quero me lavar! — gritou Dick.

— Mete o rosto na água da lata — ordenou Paddy. — Você não vai ficar andando por aí com o rosto sujo como um molambento, não é?

— Mete o seu! — ordenou o garoto.

O sr. Button assim o fez e provocou um barulho borbulhando na água; então ele ergueu o rosto molhado e escorrendo e jogou o conteúdo da lata ao mar.

— Agora você perdeu a chance — disse este estrategista infantil. — A água acabou.

— Tem mais no mar.

— Não para se lavar, não até amanhã... os peixes não permitem.

— Eu quero me lavar — resmungou Dick. — Quero enfiar a cara na lata, como você fez. Além disso, Em não se lavou.

— *Eu* não me importo — murmurou Emmeline.

— Bem, então... — disse o sr. Button, como se tomasse uma decisão repentina. — Vou perguntar aos tubarões. — Ele se inclinou sobre a lateral do barco, seu rosto perto da superfície da água. — Olá! — gritou, e então inclinou a cabeça para o lado para ouvir; as crianças também olharam pela lateral, profundamente interessadas. — Oi aí embaixo! Vocês estão dormindo... Ah, aí está você! Tenho aqui um patife com a cara suja, querendo lavá-la; posso pegar uma lata de... Ah, muito obrigado, meu senhor, muito obrigado... e bom dia para o senhor, e meus respeitos.

— O que o tubarão disse, sr. Button? — perguntou Emmeline.

— Ele disse: "Fique à vontade e pegue um barril cheio, senhor Button; e fico feliz de ter um pouco de água para lhe oferecer nesta bela manhã". Então, ele enfiou a cabeça sob a barbatana e voltou a dormir; pelo menos, eu o ouvi roncar.

Emmeline quase sempre chamava o amigo de "sr. Button"; às vezes de "sr. Paddy". Quanto a Dick, era sempre "Paddy", pura e simplesmente. As crianças têm uma etiqueta própria.

Pode ser surpreendente para os homens e mulheres da terra firme que a experiência mais terrível quando jogado ao mar num barco aberto seja a total falta de privacidade. Parece um ultraje à decência por parte da Providência reunir as pessoas assim. Mas quem já passou por essa experiência vai confirmar que, em grandes momentos da vida como esse, a mente humana se amplia e as coisas que nos chocariam em terra não são nada lá fora, cara a cara com a eternidade.

Se é assim com pessoas adultas, imagine com esse velho de costas curvadas e seus dois protegidos?

E, de fato, o sr. Button era uma pessoa que dava nome aos bois, não tinha mais convenções do que uma morsa, e cuidava de suas duas cargas como uma babá cuida de suas crianças, ou como uma morsa cuida de seus filhotes.

Havia um grande saco de biscoitos no barco e algumas coisas enlatadas, principalmente sardinhas.

Conheci um marinheiro que abria uma lata de sardinhas usando uma tachinha. Ele estava na prisão, as sardinhas eram contrabandeadas para ele, e não havia abridor de latas. Apenas seu gênio e uma tachinha.

Paddy tinha um canivete, no entanto, e num tempo maravilhosamente curto uma lata de sardinhas foi aberta e colocada sobre o banco no fundo da embarcação, ao lado de alguns biscoitos.

Estes, com um pouco de água e a tangerina de Emmeline, que ela pegou e acrescentou ao estoque, formaram o banquete, e eles se fartaram.

Quando terminaram, os restos foram cuidadosamente guardados e começaram a alçar o pequeno mastro.

O marinheiro, quando o mastro estava em seu lugar, por um momento ficou descansando a mão sobre ele e olhando ao redor, para o azul vasto e silencioso.

O Pacífico tem três tons de azul: o da manhã, o do meio-dia e o da noite. Mas o azul da manhã é o mais feliz: a coisa mais feliz entre as cores — cintilante, vaga, recém-nascida —, o azul do céu e da juventude.

— O que você está procurando, Paddy? — perguntou Dick.

— Gaivotas — respondeu o mentiroso. Depois acrescentou para si mesmo: — Nem um traço ou som deles! Eita! Eita! Para que lado devo ir, norte, sul, leste ou oeste? Está tudo pálido; se eu for para o leste, eles podem estar a oeste; e se eu for para o oeste, eles podem estar a leste; e não posso seguir para oeste, pois estaria indo direto para o olho do vento. Então, para o leste. Tomarei essa brisa como um impulso constante e me confiarei na sorte.

Ele ajustou a vela e foi para os lençóis de popa. Então deslocou o leme, acendeu um cachimbo, inclinou-se luxuosamente para trás e deixou a vela já curvada à brisa suave.

Era parte de sua profissão, parte de sua natureza, que, seguindo, talvez direto para a morte por fome e sede, ele ficasse tão despreocupado, como se estivesse levando as crianças para um passeio no verão. Sua imaginação lidava pouco com o futuro; e quase inteiramente influenciada por seu entorno imediato, não era possível evocar medos com a cena diante dele agora. O mesmo valia para as crianças.

Nunca houve partida mais feliz, mais alegria em barquinho. Durante o desjejum, o marinheiro dera a entender que, se Dick não encontrasse seu pai e Emmeline, seu tio, em "um instante ou dois", era porque ele tinha ido a bordo de um navio e logo estaria com eles. O terror de sua posição fora tão profundamente escondido deles quanto a eternidade é escondida de você ou de mim.

O Pacífico ainda estava imobilizado por uma dessas calmarias glaciais que só podem ocorrer quando o mar está livre de tempestades em grande parte de sua superfície, pois um furacão no Horn enviaria sua ondulação e perturbação para além das Marquesas. De Bois, em sua tabela de amplitudes, aponta que mais da metade das perturbações do mar em qualquer espaço são causadas, não pelo vento, mas por tempestades muito distantes.

Mas o sono do Pacífico é apenas aparente. Esta lagoa plácida, sobre a qual o bote seguia a ondulação, subia até uma ondulação imperceptível e quebrava nas margens do Baixo Arquipélago e as Marquesas em espuma e trovões.

A boneca de pano de Emmeline era um caso chocante do ponto de vista higiênico ou artístico. Seu rosto era apenas pintado, não tinha feições, nem braços; no entanto, ela não teria trocado essa coisa imunda e quase sem forma nem por todas as bonecas do mundo. Estava enfeitiçada.

A menina se sentou ninando a boneca de um lado do timoneiro, enquanto Dick, do outro lado, pendia o nariz sobre a água, à procura de peixes.

— Por que você fuma, sr. Button? — perguntou Emmeline, que estava observando sua amiga havia algum tempo em silêncio.

— Para aliviar meus problemas — respondeu Paddy.

Ele estava recostado com um olho fechado e o outro fixo na parte próxima ao topo da vela. Estava em seu elemento: nada a fazer além de velejar e fumar, aquecido pelo sol e resfriado pela brisa. Um homem da terra firme poderia ficar meio demente nessas condições, muitos marinheiros ficariam taciturnos e mal-humorados, cuidando das velas, e alternadamente condenando sua alma e orando ao seu Deus. Paddy fumava.

— Uuuuu! — gritou Dick. — Olha, Paddy!

Uma albacora, a alguns cabos de distância de bombordo, deu um salto voador do mar reluzente, uma cambalhota completa e desapareceu.

— É uma albacora tentando despistar. Já vi isso centenas de vezes; ela está sendo perseguida.

— O que a está perseguindo, Paddy?

— O que a está perseguindo? Ora, o que mais seria se não além dos gibly-gobly-ums!

Antes que Dick pudesse perguntar sobre a aparência e os hábitos deste último, um cardume de cabeças pontudas como flechas passou pelo barco e voou para a água com um som sibilante.

— É um peixe voador. O que você está dizendo? Peixes não podem voar! Onde estão os olhos na sua cabeça?

— Os gibblyums estão perseguindo-os também? — perguntou Emmeline, com medo.

— Não; são os "Billy balloos" que estão atrás deles. Não me façam mais perguntas agora, ou vou começar a contar mentiras em um minuto.

Emmeline, não se pode esquecer, trouxe um pequeno pacote com ela, embrulhado num pequeno xale; estava sob o assento do barco, e, de vez em quando, ela se abaixava para ver se estava seguro.

CAPÍTULO VII

A HISTÓRIA DO PORCO E DO BODE

A cada hora, mais ou menos, o sr. Button afastava sua letargia, levantava-se e procurava gaivotas, mas havia tantas velas à vista quanto no mar pré-histórico, sem asas, sem voz. Quando Dick se afligia de vez em quando, o velho marinheiro sempre inventava algum meio de entretê-lo. Ele o fez pescar com um alfinete torto e um pequeno barbante que havia no barco, e lhe disse para pescar peixinhos; e Dick, com a patética fé da infância, pescou.

Então ele lhes contou coisas. Tinha passado um ano em Deal há muito tempo, onde uma prima sua era casada com um barqueiro.

O sr. Button havia trabalhado um ano como estivador em Deal, e tinha muito a contar sobre sua prima e seu marido, e em especial ainda mais sobre outra pessoa, Hannah; Hannah era a bebê de sua prima — uma criança maravilhosa, que nasceu com os dentões da frente totalmente desenvolvidos e cujo primeiro ato antinatural ao entrar no mundo foi dar uma mordida no "doutor".

— Agarrou-se ao punho dele como um buldogue, e ele gritou "Maldita!".

— A sra. James — disse Emmeline, referindo-se a uma conhecida de Boston — teve um bebezinho rosa.

— Sim, sim — concordou Paddy. — Eles são basicamente rosa no começo, mas desbotam quando são lavados.

— Não tinha dentes — disse Emmeline —, pois coloquei meu dedo para ver.

— O médico o trouxe numa bolsa — acrescentou Dick, que ainda não havia parado de pescar —, tirou-o de um canteiro de repolhos. Eu peguei uma pá e revirei todos os nossos repolhos, mas não havia bebês... em compensação, tinha uma infinidade de vermes.

— Eu gostaria de ter um bebê — disse Emmeline. — *Eu* não o mandaria de volta para o canteiro de repolhos.

— O médico o pegou de volta e o plantou de novo — explicou Dick. — A sra. James chorou quando perguntei a ela, e papai disse que o bebê foi plantado de volta para crescer e se transformar num anjo.

— Os anjos têm asas — emendou Emmeline, sonhadora.

Dick prosseguiu:

— Aí eu contei para a cozinheira, e ela contou para Jane que papai estava sempre enchendo as crianças com... alguma coisa. Eu pedi ao papai para me deixar vê-lo enchendo uma criança... Então ele disse que a cozinheira teria que ir embora por dizer isso, e ela foi embora no dia seguinte.

— Ela possuía três baús grandes e uma caixa para sua boina — comentou Emmeline, com um olhar distante ao relembrar o incidente.

— E o cocheiro perguntou se ela não tinha mais baús para colocar no táxi e se ela não tinha esquecido a gaiola do papagaio — completou Dick.

— *Eu* gostaria de ter um papagaio numa gaiola — murmurou Emmeline, movendo-se ligeiramente para ficar mais na sombra da vela.

— E o que, diabos, você faria com um papagaio numa gaiola? — perguntou o sr. Button.

— Eu o deixaria sair — respondeu Emmeline.

— Por falar em deixar papagaios saírem das gaiolas, lembro que meu avô tinha um porco velho — contou Paddy (todos estavam falando sério, como iguais). — Eu era um pirralho não maior do que a altura do meu joelho, e fui até o chiqueiro, e o porco foi até a porta, resmungando e socando o nariz debaixo dela; e eu resmunguei para irritá-lo, bati com o punho e gritei "Olá! Olá!" e "Olá para você!", ele disse, falando a língua dos porcos. "Deixe-me sair", pediu, "e te darei um xelim de prata." "Passe por baixo da porta", respondi. Ele enfiou o focinho por baixo da porta e eu bati com um pedaço de pau, e ele gritou "maldito irlandês". E minha mãe saiu e brigou comigo, como eu bem merecia.

"Bem, um dia eu abri a porta do chiqueiro, e ele pulou para fora e foi embora, por montes e vales, até chegar à beira do penhasco com vista para o mar, e lá ele encontrou um bode, e ele e o bode tinham um conflito de opiniões.

"'Saia daqui!', diz o bode.

"'Saia você!', rebate o porco.

"'Com quem você está falando?', pergunta o outro.

"'Com você mesmo', responde ele.

"'Quem roubou os ovos?', diz o bode.

"'Pergunta pra velha da sua avó!', rebate o porco.

"'A minha *o quê?*', diz o bode.

"'Ah, a sua...', e antes que ele pudesse completar a frase, bum, o velho bode lhe dá uma cabeçada no peito, e lá se vão os dois rodopiando para o mar lá embaixo.

"Então meu velho avô sai e me pega pela nuca, e diz: 'Quem vai para o chiqueiro é você!'. Então eu vou para o chiqueiro, onde eles me mantêm por duas semanas, à base de mingau de farelo e leite magro. E eu bem que mereci."

Jantaram por volta das onze horas, e ao meio-dia Paddy desceu o mastro e fez uma espécie de pequena barraca ou toldo com a vela na proa do barco para proteger as crianças dos raios do sol a pino.

Em seguida, tomou seu lugar no fundo do barco, na popa, enfiou o chapéu de palha de Dick no rosto para se proteger do sol, chutou um pouco para conseguir uma posição confortável e adormeceu.

CAPÍTULO VIII

"S-H-E-N-A-N-D-O-A-H"

Ele havia dormido mais de uma hora quando foi trazido a si por um grito agudo e prolongado. Era Emmeline num pesadelo, provocado por uma refeição de sardinhas e a lembrança assombrosa dos gibbly-gobbly-ums. Quando foi sacudida (sempre levava um tempo considerável para trazê-la de volta dessas convulsões) e confortada, o mastro foi rebatido.

Enquanto o sr. Button mantinha a mão no mastro, olhando ao redor antes de ir para a popa com a vela, um objeto, cerca de três milhas à frente, chamou sua atenção. Objetos na verdade, pois eram os mastros e cruzetas de um pequeno navio emergindo da água. Nem um vestígio de vela, apenas os mastros nus. Podia ser um par de velhas árvores esqueléticas projetando-se para fora da água até onde um homem da terra poderia dizer.

Ele encarou essa visão por vinte ou trinta segundos sem falar, sua cabeça projetada como a de uma tartaruga. Então soltou um grito selvagem:

— Hurroo!

— O que foi, Paddy? — perguntou Dick.

— Hurro! — respondeu o sr. Button. — Embarcação ali! Uma embarcação ali! Espere só até eu embarcar em você. Claro, eles vão esperar... um maldito trapo de vela... eles estão dormindo ou sonhando? Aqui, Dick, deixe-me pegar a vela; o vento nos levará até lá mais rápido do que se remarmos.

Ele rastejou para a popa e pegou o leme; a brisa soprou a vela, e o barco seguiu em frente.

— É o navio do papai? — perguntou Dick, que estava quase tão animado quanto o amigo.

— Não sei; veremos quando chegarmos lá.

— Vamos embarcar nele, sr. Button? — perguntou Emmeline.

— Sim, vamos, querida.

Emmeline se abaixou e, pegando seu pacote debaixo do assento, segurou-o no colo.

À medida que se aproximavam, os contornos do navio tornaram-se mais visíveis. Era um pequeno brigue, com mastros de toco, e destes esvoaçavam alguns trapos de lona. Logo ficou claro para o velho marinheiro o que havia de errado com a embarcação.

— Está abandonado, azar o dele! — murmurou. — Abandonado e destruído... que sorte a minha!

— Não consigo ver ninguém no navio — exclamou Dick, que se arrastou para a proa. — Papai não está lá.

O velho marinheiro largou o barco um ou dois segundos, para ter uma visão mais completa do brigue; quando eles estavam a menos de duzentos metros, ele desceu o mastro e foi até o casco.

O pequeno brigue flutuava muito baixo na água e tinha uma aparência bastante triste; seu cordame todo frouxo, pedaços de lona batendo nos estaleiros e nenhum barco pendurado em seus turcos. Foi fácil ver que era um navio de madeira, e que havia começado a rachar, inundar e, portanto, tinha sido abandonado.

A poucas remadas dele, Paddy se debruçou sobre seus remos. O barco flutuava tão placidamente como se estivesse no porto de São Francisco; a água verde aparecia em sua sombra, e nela ondulavam as ervas tropicais que cresciam em seu cobre. Sua pintura estava cheia de bolhas e completamente queimada, como se um ferro quente tivesse passado por cima dela, e sobre sua armação pendia uma grande corda cuja extremidade se perdia de vista na água.

Algumas remadas os levaram para debaixo da popa. O nome do navio estava lá em letras desbotadas, assim como o porto a que pertencia. "*Shenandoah*. Martha's Vineyard."

— Há letras nela — disse o sr. Button. — Mas não consigo ler. Não aprendi.

— Eu sei ler — disse Dick.

— Eu também — murmurou Emmeline.

— S-H-E-N-A-N-D-O-A-H — soletrou Dick.

— O que isso quer dizer? — perguntou Paddy.

— Eu não sei — respondeu Dick, bastante abatido.

— Ora, vejam só! — exclamou o marinheiro com desgosto, puxando o bote para estibordo do barco. — Eles fingem ensinar as letras para as crianças nas escolas, quase arrancando seus olhos de tanto ficar lendo livros, e aqui estão letras tão grandes quanto a minha cara e eles não conseguem entender ou juntá-las... maldita leitura de livros!

O barco tinha canais largos à moda antiga, plataformas regulares; e flutuava tão baixo na água que eles estavam a apenas trinta centímetros acima do nível do bote.

O sr. Button segurou o barco, passando o remo por uma placa de canal, e, então, com Emmeline e seu pacote nos braços, ou melhor, num dos braços, ele escalou o canal e a passou por cima da amurada para o convés. Então foi a vez de Dick, e as crianças ficaram esperando enquanto o velho marinheiro trazia o copo de água, o biscoito e as latas para bordo.

Era um lugar para deleitar o coração de um menino, o convés do *Shenandoah*; à direita da escotilha principal, estava carregado de madeira. O cordame em movimento estava solto em bobinas no convés, e quase todo o tombadilho era ocupado por uma casa de convés. O lugar tinha um cheiro delicioso de praia, madeira em decomposição, alcatrão e mistério. Cabos e outras cordas estavam pendurados no alto, esperando apenas para serem balançados. Um sino foi pendurado logo à frente do mastro de proa. Num instante, Dick se lançou à frente, martelando o sino com um pino de segurança que pegara no convés.

O sr. Button gritou para ele parar; o som do sino lhe dava nos nervos. Soava como uma convocação, e uma convocação naquele navio deserto era bastante inconveniente. Quem saberia o que poderia responder vindo do mundo sobrenatural?

Dick largou o pino de segurança e correu para a frente. Ele pegou a outra mão de Paddy e os três foram para os fundos, até a porta da casa de convés. A porta estava aberta e eles espiaram.

O lugar tinha três janelas a estibordo, pelas quais o sol brilhava de maneira lúgubre. Havia uma mesa no meio do cômodo. Um assento foi afastado da mesa como se alguém tivesse se levantado com pressa. Sobre a mesa estavam os restos de uma refeição, um bule, duas xícaras, dois pratos. Em um dos pratos havia um garfo com um pedaço de bacon em putrefação que, era evidente, alguém estava levando à boca quando... algo acontecera. Perto do bule havia uma lata de leite condensado, aberta após muita barganha. Algum velho marujo estava colocando leite em seu chá quando o evento misterioso ocorreu. Nunca tantas coisas sem vida falaram com tamanha eloquência como aquelas.

Dava para entender tudo. O capitão, era muito provável, tinha terminado seu chá, e o imediato estava trabalhando duro no dele, quando o vazamento foi descoberto, ou alguma negligência foi encontrada, ou seja lá o que tenha acontecido — aconteceu.

Uma coisa era evidente: desde o abandono do navio, a embarcação experimentara bom tempo, caso contrário as coisas não teriam ficado tão bem em cima da mesa.

O sr. Button e Dick entraram no local para investigar, mas Emmeline permaneceu na porta. O charme do velho navio a atraía quase tanto quanto a Dick, mas ela tinha um pressentimento que ele desconhecia. Um navio onde não havia ninguém tinha em si sugestões de "outras coisas".

Ela estava com medo de entrar na sombria casa de convés e de ficar sozinha do lado de fora; então conciliou as coisas sentando-se no convés. Ela pôs o pequeno embrulho ao seu lado e rapidamente tirou a boneca de pano do bolso, no qual estava enfiada de cabeça para baixo; então puxou a saia de chita por cima da cabeça, apoiou-a contra a armação da porta e disse-lhe que não tivesse medo.

Não havia muito o que ser encontrado na casa de convés, mas atrás dela havia duas pequenas cabanas como coelheiras, outrora habitadas pelo capitão e seu companheiro. Ali encontraram muito lixo. Roupas velhas, botas velhas, uma velha cartola daquele padrão extraordinário que se vê nas ruas de Pernambuco, imensamente alta e estreitando até a aba. Um telescópio sem lente, um volume de Hoyt, um almanaque náutico, uma grande camisa de flanela listrada, uma caixa de anzóis. E em um canto — achado glorioso! —, um rolo do que pareciam ser dez metros ou mais de corda preta.

— Caramba! — gritou Pat, agarrando seu tesouro. Era fumo de rolo. Você pode ver rolos disso nas vitrines das tabacarias das cidades portuárias. Um cachimbo cheio dele faria um hipopótamo vomitar, mas os marinheiros velhos o mastigam, fumam e se divertem com isso.

— Vamos levar todas essas coisas para o convés e ver o que vale a pena manter e o que vale a pena deixar — disse Button, pegando uma imensa braçada do velho baú; enquanto Dick, carregando a cartola, da qual se apoderou instantaneamente como seu espólio especial, abriu caminho.

— Em — gritou Dick, ao sair pela porta —, veja o que eu tenho!

Ele jogou a estrutura de aparência horrível sobre sua cabeça. Desceu até os ombros.

Emmeline deu um grito.

— O cheiro é estranho — comentou Dick, tirando-a e enfiando o nariz dentro dela. — Cheira a uma escova de cabelo velha. Aqui, sinta.

Emmeline se afastou o máximo que pôde, até chegar à amurada de estibordo, onde estava sentada no embornal, sem fôlego, sem fala e com os olhos arregalados. Ela sempre ficava muda quando assustada (a menos que fosse um pesadelo ou um choque muito repentino), e esse chapéu visto de repente cobrindo Dick pela metade a assustou. Além disso, era uma coisa de cor preta, e ela odiava coisas de cor preta — gatos pretos, cavalos pretos; o pior de tudo, cães pretos.

Uma vez ela tinha visto um carro funerário nas ruas de Boston, um carro funerário dos velhos tempos, com plumas pretas, enfeites e tudo mais. A visão quase lhe dera um ataque, embora ela não soubesse nem um pouco o porquê.

Enquanto isso, o sr. Button carregava braçadas atrás de braçadas de coisas no convés. Quando a pilha ficou pronta, sentou-se ao lado dela sob o glorioso sol da tarde e acendeu o cachimbo.

Ele ainda não havia procurado comida ou água; contente com o tesouro que Deus lhe dera, as coisas materiais da vida foram esquecidas pelo momento. E, de fato, se ele as tivesse procurado, teria encontrado apenas meio saco de batatas no vagão, pois o lazarette estava inundado e a água na escotilha, fedendo.

Emmeline, vendo o que estava acontecendo, se arrastou, Dick prometendo não colocar o chapéu nela, e todos se sentaram em volta da pilha.

— Este par de botas — disse o velho, segurando um par de botas velhas para inspeção como um leiloeiro — poderia valer meio dólar em qualquer dia, em qualquer lugar do mundo. Ponha-as ao seu lado, Dick, e segure este par de calças pelas pontas... estique-as.

As calças foram esticadas, examinadas e aprovadas, e colocadas ao lado das botas.

— Aqui está um telescópio de um olho fechado — apontou Button, examinando o telescópio quebrado e puxando-o para dentro e para fora como uma sanfona. — Coloque-o ao lado das botas; pode ser útil para alguma coisa. Aqui tem um livro. — Ele jogou o almanaque náutico para o menino. — O que ele diz?

Sem esperança, Dick examinou as páginas cheias de números.

— Não consigo ler — disse. — São números.

— Jogue-o ao mar — mandou o sr. Button.

Dick fez o que lhe foi dito com alegria, e os procedimentos recomeçaram.

Ele experimentou o chapéu alto e as crianças riram. Na cabeça de seu velho amigo, a coisa deixou de aterrorizar Emmeline.

Ela tinha dois jeitos de rir. O sorriso angelical antes mencionado — algo raro — e, quase tão rara, uma risada em que mostrava seus dentinhos brancos, enquanto apertava as mãos, a esquerda bem fechada e a direita apertada sobre ela.

Ele pôs o chapéu de lado e continuou a triagem, vasculhando todos os bolsos das roupas sem encontrar nada. Quando Paddy arrumou o que ia guardar, eles jogaram o restante ao mar, e os objetos de valor foram transportados para a cabine do capitão, onde permaneceriam até que fossem necessários.

Então, passou pela mente imaginativa do sr. Button a ideia de que, em sua condição atual, comida poderia lhes ser útil, assim como roupas velhas, e então ele começou a procurar.

O lazarette não passava de uma cisterna cheia de água do mar; o que mais poderia conter, não sendo ele um mergulhador, não sabia dizer. No cobre do vagão havia um grande pedaço de carne de porco ou de algum outro tipo em putrefação. O barril de arreios não continha nada além de enormes cristais de sal. Toda a carne fora levada. Ainda assim, as provisões e a água trazidas a bordo do bote seriam suficientes para durar cerca de dez dias, e no decorrer de dez dias muitas coisas poderiam acontecer.

O sr. Button inclinou-se para o lado. O bote estava aninhado junto do navio como um patinho ao lado de um pato; o canal largo poderia ser comparado à asa do pato meio estendida. Ele entrou no canal para ver se o remo estava preso com segurança. Tendo se assegurado de que tudo estava seguro, subiu lentamente até o pátio principal e olhou em volta para o mar.

CAPÍTULO IX

SOMBRAS AO LUAR

— O papai está demorando para vir — disse Dick de repente. Estavam sentados nas toras de madeira que cobriam o convés do navio de cada lado da cozinha. Um poleiro ideal. O sol estava se pondo na direção da Austrália, num mar que parecia de ouro fervente. Alguma miragem misteriosa fazia com que a água se agitasse e estremecesse como se perturbada por um calor fervente.

— Sim, está — concordou o Sr. Button. — Mas antes tarde do que nunca. Agora não fique pensando nele, pois isso não ajuda em nada. Olhe para o sol entrando na água, e não diga uma palavra, mas ouça e você o ouvirá assobiar.

As crianças olhavam e escutavam, Paddy também. Todos os três ficaram mudos quando o grande escudo em chamas tocou a água que saltou para encontrá-lo.

Era *possível* ouvir o silvo da água — se tivesse imaginação suficiente. Assim que tocou a água, o sol se pôs atrás dela, tão rápido quanto um homem apressado descendo uma escada. Quando desapareceu, um crepúsculo fantasmagórico e dourado se espalhou sobre o mar, uma luz requintada, mas imensamente desamparada. Então o mar tornou-se uma sombra violeta, o oeste escureceu como se fosse uma porta se fechando e as estrelas correram sobre o céu.

— Sr. Button — começou Emmeline, acenando para o sol enquanto esse desaparecia —, o que há lá?

— O Oriente — respondeu ele, olhando para o pôr do sol. — China, Índia e outros lugares assim.

— Para onde foi o sol agora, Paddy? — perguntou Dick.

— Ele foi perseguir a lua, e ela está fugindo com todas as forças, com seu vestido esvoaçando. Num minuto ela vai aparecer no céu. Ele está sempre atrás dela, mas ainda não conseguiu alcançá-la.

— O que ele faria com ela se a pegasse? — perguntou Emmeline.

— Acredito que ele lhe daria um safanão... e seria bem-merecido.

— Por que seria merecido? — perguntou Dick, que estava num de seus humores questionadores.

— Porque ela está sempre enganando as pessoas e levando-as ao erro. Garotas ou homens, ela zomba de todos quando os ataca; assim como ela fez com Buck M'Cann.

— Quem é ele?

— Buck M'Cann? Ora, ele era o idiota da aldeia onde eu morava nos velhos tempos.

— Que aldeia?

— Controle sua ansiedade e não fique fazendo perguntas. Ele estava sempre querendo a lua, embora tivesse vinte anos e um metro e oitenta e dois. A boca dele pendia aberta como uma ratoeira com a mola quebrada, e ele era tão magro quanto um poste de barbeiro, dava para amarrar um nó direito no meio dele; e, quando a lua estava cheia, não havia ninguém que pudesse segurá-lo. — O sr. Button contemplou o reflexo do pôr do sol na água por um momento, como se recordasse alguma forma do passado, e então prosseguiu: — Ele se sentava na grama, olhando para ela, e então começava a persegui-la pelas colinas, e eles finalmente o encontravam, talvez um ou dois dias depois, perdido nas montanhas, procurando frutas, tão verde quanto um repolho por causa da fome e do frio, até que por fim ficou tão ruim que eles tiveram que amarrar as pernas dele.

— Eu vi um burro com as pernas amarradas — gritou Dick.

— Então você viu o irmão gêmeo de Buck M'Cann. Bem, uma noite, meu irmão mais velho, Tim, estava sentado perto da fogueira, fumando seu cachimbo e pensando em seus pecados, quando Buck chegou com as pernas amarradas.

"'Tim', disse ele, 'Finalmente a peguei!'

"'Pegou quem?', perguntou Tim.

"'A lua', respondeu ele.

"'Pegou a lua onde?', quis saber Tim.

"'Num balde perto da lagoa', disse o outro, 'sã e salva, sem nenhum arranhãozinho; venha ver', disse ele. Então Tim o seguiu, mancando, e os dois foram para o lado da lagoa, e lá, com certeza, havia um balde de lata cheio d'água, e, na água, o reflexo da lua.

"'Eu a tirei do lago', sussurrou Buck. 'Agora calminha aí', continuou, 'eu vou tirar a água devagarzinho e vamos pegá-la viva no fundo do balde como uma truta.' Então derramou a água do balde até quase desaparecer e olhou dentro do balde esperando encontrar a lua se debatendo no fundo, como um peixe.

"'Ela se foi, que pena para ela!', disse ele.

"'Tente de novo', disse meu irmão, e Buck encheu o balde de novo, e, de fato, lá estava a lua quando a água ficou parada.

"'Vá em frente', disse meu irmão. 'Tire-a da água, mas vá com calma, ou ela vai escorregar de novo.'

"'Peraí', pediu Buck, 'tenho uma ideia. Ela não vai escapar dessa vez. Você me espere aí.' Então ele vai mancando até a cabana de sua velha mãe a poucos passos de distância, e volta com uma peneira.

"'Você segura a peneira', falou Buck, 'e eu despejo a água nela; se a lua escapar do balde, vamos tê-la na peneira.' Quando toda a água acabou, ele virou o balde de baixo para cima e o sacudiu.

"'Fugiu a maldita coisa!', gritou. 'Ela se foi de novo', e com isso jogou o balde na lagoa, e a peneira atrás do balde, quando sua velha mãe vem mancando apoiada em sua bengala.

"'Onde tá o meu balde?', pergunta ela.

"'Na lagoa', disse Buck.

"'E a minha peneira?'

"'Foi atrás do balde.'

"'Eu vou é te dar uma baldada!', disse ela; e levantou-se com a vara e acertou-lhe um safanão, e o levou rugindo e mancando na frente dela, depois o trancou na cabana, e o manteve à base de pão e água, numa tentativa de tirar a lua de sua cabeça; mas ela poderia ter se poupado o trabalho, pois dali a um mês, lá estava ele de novo... Lá vem ela!"

A lua, ardente e esplêndida, estava saindo da água. Estava cheia, e sua luz era quase tão poderosa quanto a luz do dia. As sombras das crianças e a estranha sombra do sr. Button foram projetadas na parede da cozinha, duras e negras como silhuetas.

— Olhe para as nossas sombras! — exclamou Dick, tirando o chapéu de palha de abas largas e acenando.

Emmeline ergueu sua boneca para ver sua sombra, e o sr. Button ergueu seu cachimbo.

— Vamos — disse ele, colocando o cachimbo de volta na boca e fazendo menção de se levantar. — Hora de ir para a cama; é hora de vocês dormirem, os dois.

Dick começou a uivar.

— Eu *não* quero ir para a cama. Não estou cansado, Paddy, vamos ficar mais um pouco.

— Nem um minuto — disse o outro, com toda a resolução de uma babá. — Nem mais um minuto depois que meu cachimbo se apagar!

— Encha-o de novo — disse Dick.

O sr. Button não respondeu. O cachimbo gorgolejou quando ele deu uma baforada — uma espécie de estertor de morte falando de extinção quase imediata.

— Sr. Button! — chamou Emmeline. Estava segurando o nariz no ar e cheirando-o; sentada a barlavento do fumante, e fora do ar envenenado pelo fumo de rolo, seu olfato delicado percebeu algo perdido para os outros.

— O que foi, querida?

— Sinto cheiro de alguma coisa.

— De quê?

— Algo bom.

— Como é o cheiro? — perguntou Dick, farejando com força. — *Eu* não sinto cheiro de nada.

Emmeline cheirou novamente para ter certeza.

— Flores — disse ela.

A brisa, que havia mudado vários pontos desde o meio-dia, trazia consigo um odor tênue, muito leve: um perfume de baunilha e especiarias tão suave que era imperceptível a todos, exceto ao mais apurado sentido olfativo.

— Flores! — repetiu o velho marinheiro, batendo as cinzas do cachimbo no calcanhar da bota. — E onde você conseguiu flores no meio do nada? Você está sonhando. Agora vamos... para a cama os dois.

— Encha de novo — lamentou Dick, referindo-se ao cachimbo.

— Eu vou é te dar uma surra num instante, se você não se comportar — respondeu seu guardião, levantando-o das barreiras de madeira, e então ajudando Emmeline. — Venha, Emmeline.

Ele partiu para a popa, uma pequena mão em cada uma das suas, Dick berrando.

Ao passarem pelo sino do navio, Dick se esticou em direção ao pino de segurança que ainda estava no convés, agarrou-o e bateu no sino com força. Era o último prazer a ser arrebatado antes de ir se deitar, e ele o arrebatou.

Paddy tinha arrumado as camas para ele e seus pupilos na casa de convés; ele havia tirado as coisas da mesa, aberto as janelas para afastar o cheiro de mofo e colocado no chão os colchões das cabines do capitão e do imediato.

Quando as crianças estavam na cama e dormindo, ele foi até a amurada de estibordo e, apoiando-se nela, olhou para o mar banhado pelo luar. Estava pensando em navios enquanto seu olho errante percorria os espaços marítimos, pouco sonhando com a mensagem que a brisa perfumada lhe trazia. A mensagem que havia sido recebida e vagamente compreendida por Emmeline. Então se inclinou de costas para o corrimão e colocou as mãos nos bolsos. Ele não estava pensando agora, mas ruminando.

A base do caráter irlandês exemplificado por Paddy Button é uma profunda preguiça misturada com uma profunda melancolia. No entanto, Paddy, à sua maneira torta, era tão trabalhador quanto qualquer homem a bordo de um navio; e quanto à melancolia, ele era a vida e a alma do povo. No entanto, lá estavam elas, a preguiça e a melancolia, apenas esperando para serem aproveitadas.

Enquanto estava com as mãos enfiadas nos bolsos, à moda da costa do mar, contando as cavilhas nas tábuas do convés ao luar, ele revivia os "velhos tempos". A história de Buck M'Cann os havia lembrado, e através de todos os mares salgados ele podia ver o luar nas montanhas de Connemara e ouvir as gaivotas chorando na praia estrondosa onde cada onda tem atrás de si três mil milhas de mar.

De repente, o sr. Button voltou das montanhas de Connemara para se encontrar no convés do *Shenandoah*; e de imediato foi tomado por medos. Além do convés branco deserto, barrado pelas sombras do cordame, ele podia ver a porta do vagão. Suponha que ele de repente visse uma cabeça sair — ou, pior, uma forma sombria entrar?

Voltou-se para a casa de convés, onde as crianças dormiam profundamente e onde, em poucos minutos, ele estaria na mesma situação ao lado delas, enquanto durante toda a noite o navio balançava com as ondas suaves do Pacífico, e soprava uma brisa suave, trazendo consigo o perfume das flores.

CAPÍTULO X

A TRAGÉDIA DOS BARCOS

Quando a neblina se dissipou depois da meia-noite, as pessoas no escaler viram o barquinho a meia milha a estibordo.

— Você consegue ver o bote? — perguntou Lestrange ao capitão, que estava de pé olhando o horizonte.

— Nem mesmo um pontinho — respondeu Le Farge. — Maldito seja aquele irlandês! Não fosse por ele, eu teria levado os barcos devidamente abastecidos e tudo; desse jeito, não sei o que temos a bordo. Você, Jenkins, o que tem aí?

— Dois sacos de pão e uma ancoreta de água — respondeu o mordomo.

— Uma ancoreta seria ótimo! — veio outra voz. — Uma ancoreta pela metade, você quer dizer.

E então a voz do mordomo:

— É verdade. Não há mais do que alguns galões nela.

— Meu Deus! — exclamou Le Farge. — Maldito seja aquele irlandês!

— Não há mais que duas meias canecas para cada um de nós — disse o mordomo.

— Talvez o barquinho esteja melhor abastecido — disse Le Farge. — Vá até ele.

— Ele está vindo até nós — informou o remador.

— Capitão, tem certeza de que o bote não foi visto? — perguntou Lestrange

— Nem sinal — respondeu Le Farge.

A cabeça do infeliz se afundou em seu peito. Porém, ele não tinha tempo para remoer seus problemas, pois uma tragédia estava começando a se desenrolar ao seu redor, a mais chocante, talvez, nos anais do mar — uma tragédia que as pessoas apenas insinuariam, sem coragem de falar dela abertamente.

Quando os barcos estavam a pouca distância, um homem na proa do escaler se levantou.

— Ahoy, barquinho!

— Ahoy!

— Quanta água vocês têm?

— Nenhuma!

A palavra veio flutuando sobre a plácida água iluminada pelo luar. Ao ouvi-la, os companheiros do escaler pararam de remar e dava para ver as gotas de água pingando de seus remos, como se fossem diamantes ao luar.

— Ahoy, barquinho! — gritou o sujeito na proa. — Pousem seus remos.

— Escuta aqui, seu vagabundo — gritou Le Farge —, quem é você para dar instruções...

— Vagabundo é você! — respondeu o sujeito. — Valentões mentirosos de uma figa.

Os remos de estibordo recuaram na água e o barco deu meia-volta.

Por acaso, o pior grupo da tripulação do *Northumberland* estava no escaler — verdadeiros "vagabundos", a escória; e como a escória se apega à vida, você nunca saberá, ao menos até que tenha estado entre ela num barco aberto no mar. Le Farge não tinha mais comando sobre esse grupo do que você que está lendo este livro.

— Adiante! — veio a ordem do barquinho, enquanto ia atrás do escaler.

— Larguem seus remos, valentões! — gritou o rufião na proa, que ainda estava de pé como um gênio do mal que assumiu o comando momentâneo dos acontecimentos. — Larguem seus remos, valentões; é melhor parar agora.

Por sua vez, o barquinho parou de remar e ficou a cem braças de distância.

— Quanta água você tem? — veio a voz do imediato.

— Não o suficiente para voltar.

Le Farge fez menção de se levantar, e foi golpeado pelo remo, acertando-o no vento e o jogando para o fundo do barco.

— Nos dê um pouco, pelo amor de Deus! — veio a voz do imediato. — Estamos com sede de tanto remar, e há uma mulher a bordo.

O sujeito na proa do escaler, como se alguém o tivesse atingido de repente, explodiu num tornado de blasfêmias.

— Dê-nos um pouco — insistiu a voz do imediato — ou, por Deus, vamos invadi-los!

Antes que as palavras fossem bem pronunciadas, os homens no barquinho puseram a ameaça em ação. O conflito foi breve: o barquinho estava lotado demais para lutar. Os homens de estibordo no escaler lutaram com seus remos, enquanto os companheiros de bombordo estabilizaram o barco.

A luta não durou muito, e logo o barquinho se afastou, metade dos homens dentro dele com cortes na cabeça e sangrando — dois deles desmaiados.

Era o pôr do sol do dia seguinte. O escaler estava à deriva. A última gota de água fora servida oito horas antes.

O barquinho, como um fantasma horripilante, o perseguira o dia todo, implorando por água quando não havia. Era como as orações que se poderia esperar ouvir no inferno.

Os homens do escaler, sombrios e taciturnos, oprimidos pela sensação do crime, torturados pela sede e atormentados pelas vozes implorando por água, debruçaram-se sobre os remos quando o outro barco tentou se aproximar.

De vez em quando, de repente e como que movidos por um impulso comum, todos gritavam juntos: "Não temos água!". Mas o barquinho não acreditava. Foi em vão segurar a ancoreta aberta para provar sua secura, as criaturas meio delirantes acreditavam que seus companheiros estavam lhe privando da água inexistente.

Assim que o sol tocou o mar, Lestrange, despertando de um torpor no qual havia afundado, levantou-se e olhou por cima da amurada. Ele viu o barquinho se afastando à distância de cem braças, iluminado pela luz plena do pôr do sol, e os espectros nele, vendo-o, mostravam suas línguas enegrecidas num apelo mudo.

Da noite que se seguiu é quase impossível falar. A sede não era nada para o que os marinheiros sofreram com a tortura do apelo lamurioso por água que vinha a eles em intervalos durante a noite.

Quando enfim o *Arago*, um navio-baleeiro francês, os avistou, a tripulação do escaler ainda estava viva, mas três deles em estado de loucura delirante. Da tripulação do barquinho foram salvos... nenhum deles.

PARTE II

CAPÍTULO XI

A ILHA

— Crianças! — gritou Paddy. Ele estava na cruzeta em plena madrugada, enquanto as crianças, que estavam embaixo, no convés, erguiam o rosto para ele. — Há uma ilha à nossa frente.

— Viva! — gritou Dick. Ele não tinha certeza de como uma ilha poderia ser de verdade, mas era algo novo, e a voz de Paddy estava radiando felicidade.

— Terra! Ah, é, sim — disse ele, descendo para o convés. — Venham até a proa, e eu vou lhes mostrar.

Ele ficou de pé na madeira da proa e levantou Emmeline nos braços; e mesmo naquela humilde elevação da água ela podia ver algo de uma cor indefinida — verde, se tivesse que dizer alguma — no horizonte.

Não estava diretamente à frente, mas na proa de estibordo — ou, como ela teria dito, à direita. Quando Dick olhou e expressou sua decepção por haver tão pouco para ver, Paddy começou a fazer os preparativos para deixar o navio.

Só agora, com a terra à vista, ele reconheceu de alguma forma o horror da situação da qual estavam prestes a escapar.

Ele alimentou as crianças às pressas com alguns biscoitos e carne enlatada, e então, com um biscoito na mão, comendo enquanto andava, trotou pelo convés, recolhendo coisas e guardando-as no bote. O rolo de flanela listrada, todas as roupas velhas, um estojo de costura cheio de agulhas e fios, como os marinheiros às vezes carregam, meio saco de batatas, uma serra que encontrara na cozinha, o precioso fumo de rolo e muitas outras quinquilharias, coisas essas que ele transferiu de embarcação, afundando o pequeno bote várias vezes no processo. Além disso, é claro, levou a ancoreta de água e os restos do biscoito e das latas que trouxeram a bordo. Estando as coisas arrumadas e o bote pronto, ele foi com as crianças até a proa, para ver o aspecto da ilha.

Ficara mais próxima durante aquele tempo de mais ou menos uma hora em que ele estivera recolhendo e armazenando as coisas — mais perto e mais à direita, o que significava que o navio estava sendo carregado por uma corrente bastante rápida e que passaria pela ilha, deixando-a a duas ou três milhas a estibordo. Era bom que eles tivessem o comando do bote.

— O mar em volta dela toda — disse Emmeline, que estava sentada no ombro de Paddy, segurando-o com força, e olhando para a ilha, o verde de suas árvores agora era visível, um oásis verdejante no azul brilhante e seráfico.

— Nós vamos para lá, Paddy? — perguntou Dick, segurando-se num suporte e forçando os olhos para a terra.

— Vamos, sim — respondeu o sr. Button. — E bem depressa... cinco nós, se estivermos fracos; e estaremos em terra ao meio-dia, talvez antes.

A brisa estava mais fresca e soprava da ilha, como se o lugar fizesse uma fraca tentativa de afastá-los.

Ah, que brisa fresca e perfumada era aquela! Todos os tipos de planta tropical se juntaram ao seu perfume como num buquê.

— Sintam o cheiro — disse Emmeline, expandindo suas pequenas narinas. — Foi o que senti ontem à noite, só que agora está mais forte.

O último cálculo feito a bordo do *Northumberland* provara que o navio estava a sudeste das Marquesas; esta era evidentemente uma daquelas pequenas ilhas perdidas que ficam por ali, a sudeste das Marquesas. As ilhas mais solitárias e belas do mundo.

Enquanto olhavam, ela crescia diante deles e se deslocava ainda mais para a direita. Agora era montanhosa e verde, embora as árvores não pudessem ser claramente distinguidas; aqui, o verde era mais claro; e ali, mais escuro. Uma borda de mármore branco puro parecia rodear sua base. Era espuma quebrando na barreira de corais.

Uma hora depois, a folhagem emplumada dos coqueiros pôde ser vista, e o velho marinheiro achou que era hora de embarcar no bote.

Ele levantou Emmeline, que estava segurando seu pacote, sobre a amurada para o canal, e a depositou na parte de trás do bote; então Dick.

Em um momento o barco estava à deriva, o mastro foi levantado e o *Shenandoah* partiu para prosseguir sua misteriosa viagem à vontade das correntes marinhas.

— Você não vai para a ilha, Paddy — gritou Dick, enquanto o velho colocava o bote na amurada de bombordo.

— Fique tranquilo — respondeu o outro —, e não banque sua avó. Como diabos você acha que eu ia para a terra velejando aos olhos do vento?

— O vento tem olhos?

O sr. Button não respondeu à pergunta. Estava perturbado. E se a ilha fosse habitada? Havia passado vários anos nos Mares do Sul. Conhecia as pessoas das Marquesas e Samoa e gostava delas. Mas ali era território desconhecido.

No entanto, toda a preocupação era inútil. O caso era: ou a ilha ou o mar profundo, e, colocando o bote na amurada de estibordo, acendeu o cachimbo e recostou-se com o leme na dobra do braço. Seus olhos aguçados tinham visto do convés do navio uma abertura no recife, e ele passaria com o bote lado a lado com a abertura, depois iria até os recifes e remaria através deles.

Agora, conforme se aproximavam, a brisa emitia um som fraco, harmonioso e sonhador. Era o som das ondas no recife. O mar ali estava subindo para uma ondulação mais profunda, como se estivesse aborrecido em seu sono com a resistência da terra a ele.

Emmeline, sentada com seu embrulho no colo, olhou sem falar para a visão diante dela. Mesmo sob o sol brilhante e glorioso, e apesar da vegetação que se mostrava além, era uma visão desoladora dali, de seu lugar no bote. Uma praia branca e abandonada, sobre a qual as ondas corriam e quebravam, gaivotas girando e gritando, e, acima de tudo isso, o estrondo das ondas.

De repente, o quebra-mar tornou-se visível e, para além dele, um vislumbre de água azul e suave. O sr. Button desmontou a cana do leme, despiu o mastro e seguiu para os recifes.

À medida que se aproximavam, o mar tornava-se mais ativo, selvagem e vivo; o troar da rebentação tornou-se mais alto; as ondas, mais ferozes e ameaçadoras; a abertura, mais ampla.

Podia-se ver a água rodopiando em volta dos píeres de coral, pois a maré estava inundando a lagoa; ele havia agarrado o pequeno bote e o estava conduzindo muito mais rápido do que os barcos poderiam tê-lo feito. Gaivotas gritavam ao redor deles, o barco balançava. Dick gritou de empolgação, e Emmeline fechou os olhos *com força*.

Então, como se uma porta tivesse sido fechada rápida e silenciosamente, o som das ondas de repente se tornou mais baixo. O bote flutuou em equilíbrio; ela abriu os olhos e se viu no País das Maravilhas.

CAPÍTULO XII

A LAGOA AZUL-CELESTE

De ambos os lados havia uma grande extensão de água azul ondulante. Calmo, quase como um lago, safira aqui e com os tons da água-marinha ali. A água tão límpida que mesmo a braças de distância dava para ver os corais ramificados no fundo, os cardumes de peixes que passavam e a sombra dos peixes sobre os bancos de areia.

Diante deles a água clara lavava as areias de uma praia branca, os coqueiros ondulavam e sussurravam na brisa; e nesse momento o remador se debruçava em seus remos para observar um bando de pássaros azuis que se erguia, como se de repente se libertasse da copa das árvores, rodando e passando silenciosamente, como uma coroa de fumaça, sobre a copa das árvores das terras mais altas além.

— Veja! — gritou Dick, que estava com o nariz sobre a amurada do barco. — Olha o *peixe*!

— Sr. Button — gritou Emmeline —, onde estamos?

— Por Deus, eu sei lá; mas podemos estar em um lugar ruim, estou achando — respondeu o velho, varrendo os olhos sobre a lagoa azul e tranquila, da barreira de corais até a costa afortunada.

De ambos os lados da ampla praia diante deles, os coqueiros desciam como dois regimentos e, curvados, contemplavam seu próprio reflexo na lagoa. Mais além ondulava o chaparral, onde coqueiros e árvores de fruta-pão se misturavam com o abricó e as gavinhas da videira-brava. Em um dos píeres de coral na quebra do recife havia um único coqueiro; curvando-se levemente, também parecia buscar seu reflexo na água ondulante.

Mas a alma de tudo, a coisa indescritível naquela paisagem de palmeiras espelhadas, lagoa azul, recife de corais e céu, era a luz.

No mar, a luz era brilhante, estarrecedora, cruel. No mar, não havia nada em que se concentrar, nada para ver a não ser espaços infinitos de água azul e desolação.

Aqui, a luz fazia do ar um cristal, através do qual o contemplador via a beleza da terra e do recife, o verde das palmeiras, o branco dos corais, as gaivotas rodopiantes, a lagoa azul, tudo nitidamente delineado — ardente, colorido, arrogante, mas ainda assim terno —, uma beleza de partir o coração, pois estava aqui o espírito da manhã, da felicidade e da juventude eternas.

Enquanto o remador puxava a pequena embarcação em direção à praia, nem ele nem as crianças viram atrás do barco, na água perto da palmeira curvada na fenda do recife, algo que por um momento insultou o dia, e então se foi. Algo como um pequeno triângulo de lona escura, que ondulava na água e sumia de vista; algo que apareceu e desapareceu como um pensamento maligno.

Não demorou muito para o barco encalhar. O sr. Button caiu para o lado até os joelhos na água, enquanto Dick engatinhava pela proa.

— Segure o barco igual a mim — exclamou Paddy, agarrando-se à amurada de estibordo; enquanto Dick, como um macaco de imitação, agarrou a amurada a bombordo. E então cantou:
— "Yeo ho, Chilliman,
Up wid her, up wid her
Heve O, Chilliman."
— Pode soltar agora; o barco já está alto o bastante.

Ele pegou Emmeline nos braços e a carregou até a areia. Era ali mesmo, da areia, que se podia ver a verdadeira beleza da lagoa. Aquela lagoa de água do mar protegida para sempre de tempestades e problemas pela barreira de corais.

Bem diante de onde as pequenas ondulações claras subiam a costa, o olhar encontrava a fenda no recife de coral onde a palmeira olhava para seu próprio reflexo na água, e lá, além do quebra-mar, avistava-se o grande mar cintilante.

A lagoa, bem aqui, talvez tivesse mais de um quilômetro e meio de largura. Nunca a medi, mas sei que, estando de pé ao lado da palmeira no recife, levantando o braço e gritando para uma pessoa na praia, o som levava um tempo perceptível para atravessar a água: devo dizer, talvez, um tempo quase perceptível. O sinal distante e a chamada distante eram quase coincidentes, mas não exatamente.

Dick, louco de prazer no lugar em que se encontrava, corria como um cachorro recém-saído da água. O sr. Button estava descarregando o bote na areia branca e seca. Emmeline sentou-se com seu precioso pacote na areia, e ficou observando as operações de seu amigo, observando as coisas ao seu redor e sentindo-se muito estranha.

Até onde ela sabia, tudo aquilo era o desdobramento comum de uma viagem marítima. Todo esse tempo, o comportamento de Paddy era calculado com um único objetivo: não assustar as crianças; e o clima o havia ajudado. Mas no fundo dela residia o conhecimento de que nem tudo era como deveria ser. A partida apressada do navio, o nevoeiro em que seu tio havia desaparecido, essas coisas, e outras também, por instinto ela sentia que não estavam certas. Mas não falou nada.

Ela não teve muito tempo para meditar, no entanto, pois Dick estava correndo em sua direção com um caranguejo vivo que havia pegado, gritando que ia fazer o bicho mordê-la.

— Tire isso daqui! — gritou Emmeline, segurando ambas as mãos com os dedos estendidos na frente de seu rosto. — Sr. Button! Sr. Button! Sr. Button!

— Deixe-a em paz, seu diabinho! — rugiu Pat, que estava depositando o resto da carga na areia. — Deixe-a em paz, ou vou te dar um cascudo!

— O que é um "diabinho", Paddy? — perguntou Dick, ofegante pelo esforço. — Paddy, o que é um "diabinho"?

— Você é um. Chega de perguntas agora, pois estou cansado e quero descansar minha carcaça.

Atirou-se à sombra de uma palmeira, tirou sua lata de fazer fogo, tabaco e cachimbo, cortou um pouco de tabaco, encheu o cachimbo e acendeu-o. Emmeline engatinhou e se sentou perto dele; Dick se jogou na areia perto de Emmeline.

O sr. Button tirou o casaco e fez dele um travesseiro contra um tronco de coqueiro. Ele havia encontrado o El Dorado dos cansados. Com seu conhecimento dos mares do Sul, um olhar para a vegetação à vista lhe disse que poderiam conseguir comida e água para um batalhão.

Bem no meio da costa havia uma depressão que, na estação chuvosa, seria o leito de um riacho impetuoso. A água agora não era forte o suficiente para chegar até a lagoa, mas lá em cima, bem longe na floresta, ficava a fonte, e ele a encontraria no devido tempo. Havia o suficiente na rebentação para uma semana, e havia coco verde para a escalada.

Emmeline contemplou Paddy por um tempo enquanto ele fumava e descansava sua carcaça, então um grande pensamento lhe ocorreu. Ela tirou o pequeno xale em torno do pacote que estava segurando e expôs a caixa misteriosa.

— Ah, minha Nossa, a caixa! — disse Paddy, apoiando-se no cotovelo com interesse. — Eu sabia que você não ia se esquecer dela.

— A sra. James me fez prometer que não a abriria até chegar em terra firme — disse Emmeline —, pois as coisas dentro dela poderiam se perder.

— Bem, você está em terra firme agora — disse Dick. — Abra.

— Eu vou — respondeu Emmeline.

Ela cuidadosamente soltou a corda, recusando a ajuda da faca de Paddy. Então tirou o papel pardo, revelando uma caixa de papelão comum. Em seguida a garotinha levantou a tampa meia polegada, espiou e fechou-a novamente.

— *Abra*! — gritou Dick, louco de curiosidade.

— O que há nela, querida? — perguntou o velho marinheiro, que estava tão interessado quanto Dick.

— Coisas — respondeu Emmeline.

Então, de repente, ela tirou a tampa e revelou um pequeno serviço de chá de porcelana, envolto em serragem; havia um bule com tampa, uma jarra de creme, xícaras e pires, e seis pratos microscópicos, cada um pintado com um amor-perfeito.

— Ah, sim, é um jogo de chá! — disse Paddy, com voz interessada. — Glória a Deus! Olha só para os pratinhos com as flores neles!

— Aff! — disse Dick com desgosto. — Bem que poderiam ser soldados.

— *Eu* não quero soldados — respondeu Emmeline, com uma voz de perfeito contentamento.

Ela desdobrou um pedaço de papel de seda e tirou dele uma pinça de açúcar e seis colheres. Então arrumou tudo na areia.

— Ora, se isso não é melhor que tudo! — disse Paddy. — E quando você vai me convidar para tomar chá com você?

— Algum dia — respondeu Emmeline, recolhendo as coisas e reembalando-as com cuidado.

O sr. Button terminou seu cachimbo, bateu as cinzas e o devolveu ao bolso.

— Vou procurar fazer uma tenda — informou ele, enquanto se levantava —, para nos proteger esta noite; mas primeiro vou dar uma olhada na floresta para ver se encontro água. Deixe sua caixa com as outras coisas, Emmeline; não há ninguém aqui para pegá-la.

Emmeline deixou sua caixa na pilha de coisas que Paddy havia colocado à sombra dos coqueiros, pegou a mão dele e, juntos, os três entraram na alameda à direita.

Era como entrar numa floresta de pinheiros; os caules altos e simétricos das árvores pareciam estabelecidos por leis matemáticas, cada um a uma determinada distância do outro. Qualquer que fosse o caminho que você tomasse, uma fileira penumbrosa de troncos de árvores estava à sua frente. Olhando para cima, via-se a imensa distância acima de uma copa verde-clara pintada de pontos de luz cintilantes e fulgurantes, onde a brisa estava ocupada brincando com as folhas verdes das árvores.

— Sr. Button — murmurou Emmeline —, não vamos nos perder, vamos?

— Nos perder! Não, tenha fé; é claro que estamos subindo, e tudo que temos que fazer é descer de novo, quando quisermos voltar... ficou doidinha! — Uma fruta verde se soltou e desceu chacoalhando e rolando até cair no chão. Paddy a pegou. — É um coco verde — disse ele, colocando-o no bolso (não era muito maior do que uma laranja). — Vamos comê-lo no chá.

— Isso não é coco — comentou Dick. — Cocos são marrons. Eu tinha cinco centavos uma vez e comprei um, raspei e comi.

— Quando o dr. Sims deixou Dicky doente — contou Emmeline —, disse que ficava espantado com como Dicky aguentava tudo.

— Vamos lá — disse o sr. Button. — E não fique falando, ou os Cluricaunes vão vir atrás de nós.

— O que são cluricaunes? — questionou Dick.

— Homenzinhos não maiores que o seu polegar que fazem os brogues para o Povo Bom.

— Quem são eles?

— Shh! Não fique falando. Cuidado com a cabeça, Emmeline, ou os galhos vão atingir seu rosto.

Saíram da alameda dos coqueiros e entraram no chaparral. Ali a penumbra era mais profunda, e todos os tipos de árvore emprestavam sua folhagem para criar a sombra. A sequoia com seu tronco delicado em forma de losango, a grande fruta-pão, alta como uma faia e escura como uma caverna, a figueira-de-bengala e o eterno coqueiro cresciam aqui como irmãos. Grandes cordas de videira selvagem entrelaçadas como a cobra de Laocoonte de uma árvore a outra, e todos os tipos de flores maravilhosas, desde a orquídea em forma de borboleta até o hibisco escarlate, embelezavam a escuridão.

De repente, o sr. Button parou.

— Shh! — sussurrou ele.

Através do silêncio — um silêncio preenchido pelo zumbido e o murmúrio de insetos da floresta e o canto fraco e distante do recife — vinha um som tilintante e ondulante: era água. Ele escutou para ter certeza da direção do som, então seguiu naquela direção.

No momento seguinte, encontraram-se numa pequena clareira coberta de grama. Do terreno montanhoso acima, sobre uma rocha escura e polida como ébano, caía uma minúscula cascata não muito mais larga que a mão; samambaias cresciam ao redor e de uma árvore acima, onde uma grande corda de flores silvestres de convólvulo tocava suas trombetas no crepúsculo encantado.

As crianças gritaram com a beleza daquilo, e Emmeline correu e enfiou as mãos na água. Logo acima da pequena cachoeira brotava uma bananeira carregada de frutas; tinha folhas imensas de um metro e oitenta de comprimento ou mais, largas como uma mesa de jantar. Podia-se ver o brilho dourado da fruta madura através da folhagem.

Em um piscar de olhos, o sr. Button tirou os sapatos e estava escalando a rocha como um gato, sem dúvida alguma, pois não parecia ter nada que lhe permitisse escalar.

— Uhuu! — gritou Dick com admiração. — Olha o Paddy!

Emmeline olhou e não viu nada além de folhas balançando.

— Sai de baixo! — gritou ele e, no momento seguinte, veio um enorme cacho de bananas amarelas.

Dick gritou de alegria, mas Emmeline não demonstrou entusiasmo: ela havia descoberto algo.

CAPÍTULO XIII

MORTE VELADA COM LÍQUEN

—Sr. Button — chamou ela, quando ele desceu —, tem um barrilzinho.

E então Emmeline apontou para algo verde e coberto de líquen que estava entre o tronco de duas árvores. Algo que olhos menos aguçados do que os de uma criança poderiam ter confundido com uma pedregulho.

— Tem mesmo, e acredito que seja um velho barril vazio — disse o sr. Button, enxugando o suor da testa e olhando a coisa. — Algum navio deve ter passado por aqui e esquecido. Vai servir de assento quando formos jantar.

Ele se sentou no barril e distribuiu as bananas para as crianças, que se sentaram na grama.

O barril parecia uma coisa tão abandonada e negligenciada que sua imaginação supôs que estivesse vazio. Vazio ou cheio, no entanto, era um excelente assento, pois estava afundado na terra esverdeada e macia, imóvel.

— Se navios já passaram por aqui, eles vão acabar voltando — comentou o sr. Button, enquanto mastigava suas bananas.

— O navio do papai vai vir aqui? — perguntou Dick.

— Vai, com certeza — respondeu o outro, pegando seu cachimbo. — Agora vão correr e brincar com as flores e me deixem sozinho para fumar um cachimbo, e então vamos todos juntos para o topo da colina ao longe e daremos uma olhada ao nosso redor.

— Venha, Em! — gritou Dick.

Em seguida, as crianças começaram a andar por entre as árvores, Dick puxando as gavinhas penduradas da videira e Emmeline colhendo as flores que encontrava ao seu pequeno alcance.

Quando terminou o cachimbo, Pat gritou e vozinhas lhe responderam da floresta. Então as crianças voltaram correndo, Emmeline rindo e mostrando seus dentinhos brancos, um grande buquê de flores na mão; Dick sem flores, mas carregando o que parecia uma grande pedra verde.

— Olha que coisa engraçada eu encontrei! — gritou ele. — Tem buracos.

— Larga isso! — gritou o sr. Button, saltando do barril como se alguém o tivesse espetado com uma sovela. — Onde você achou isso? O que você estava pensando ao tocar nisso? Dá aqui.

Com cuidado, ele pegou a coisa das mãos de Dick; era um crânio coberto de líquen, com uma grande depressão na parte de trás, onde havia sido fendido por um machado ou algum instrumento afiado. Ele o jogou o mais longe que pôde entre as árvores.

— O que é isso, Paddy? — perguntou Dick, meio espantado, meio assustado com o comportamento do velho.

— Não é nada de bom — respondeu o sr. Button.

— Havia mais dois, e eu queria ir buscá-los — resmungou Dick.

— Deixe-os em paz. Eita! Eita! Coisas ruins aconteceram aqui no passado. O que é isso, Emmeline?

Emmeline estava segurando seu buquê de flores para ser admirado. O velho então pegou uma grande flor espalhafatosa — se é que alguma flor pode ser descrita como espalhafatosa — e enfiou o caule no bolso do casaco. Em seguida, liderou o caminho morro acima, resmungando enquanto subia.

Quanto mais alto subiam, menos densas se tornavam as árvores e menos coqueiros havia. O coqueiro adora o mar, e os poucos que ali havia estavam todos com a cabeça inclinada na direção da lagoa, como se ansiassem por ela.

Passaram por um matagal onde bambus de seis metros de altura sussurravam juntos assim como juncos. Então, uma relva iluminada pelo sol, sem árvores ou arbustos, levou-os abruptamente para cima por mais ou menos trinta metros até onde se erguia uma grande rocha, o ponto mais alto da ilha, projetando sua sombra ao sol. A rocha tinha cerca de seis metros de altura e era fácil de escalar. O topo era quase plano e espaçoso como uma mesa de jantar comum. Dali podia-se obter uma visão completa da ilha e do mar.

Olhando para baixo, a vista percorria as copas de árvores, trêmulas e ondulantes, até a lagoa; além da lagoa até o recife e, além do recife, até o espaço infinito do Pacífico. O recife circundava toda a ilha, ora mais longe da terra, ora mais perto; a música da ressaca vinha como um sussurro, assim como o sussurro que se ouve numa concha; mas, uma coisa estranha, embora o som ouvido na praia fosse contínuo, aqui em cima podia-se distinguir uma intermitência enquanto ondas e ondas avançavam até morrer no cordão de coral abaixo.

Dava para ver um campo de cevada verde eriçado pelo vento e, assim, do topo da colina, era possível ver o vento passando sobre a folhagem iluminada pelo sol abaixo.

A brisa soprava do sudoeste, e figueiras-de-bengala, coqueiros, sequoias e frutas-pão balançavam e ondulavam ao vento alegre. Tão brilhante e comovente era a imagem do mar varrido pela brisa, da lagoa azul, do recife pontilhado de espuma e das árvores balançando, que parecia que tinham surpreendido algum misterioso Dia de Gala, algum festival da natureza mais alegre que o normal.

Como se para reforçar essa ideia, de vez em quando explodia acima das árvores o que parecia ser um foguete de estrelas coloridas. As estrelas acabavam se afastando num bando ao vento e desapareciam. Eram debandadas de pássaros. Pássaros de todas as cores povoavam as árvores lá embaixo — azuis, escarlates, branco-acinzentado, olhos brilhantes, mas sem voz. Do recife às vezes podia-se ver as gaivotas subindo aqui e ali em nuvens como pequenas baforadas de fumaça.

A lagoa, ora profunda, ora rasa, apresentava, conforme sua profundidade ou superficialidade, as cores do ultramar ou do céu. As partes mais largas eram também as mais pálidas, por conta de serem mais rasas; e aqui e ali, nas águas rasas, podia-se ver um fraco rendilhado de recife de coral quase chegando à superfície. A ilha mais ampla poderia ter quase cinco quilômetros de diâmetro. Não havia sinal de casa ou habitação, nem uma vela em todo o vasto Pacífico.

Era um lugar estranho para se estar, ali em cima. Encontrar-se cercado de grama, flores e árvores, e toda a bondade da natureza, sentir a brisa soprar, fumar o cachimbo e lembrar que estava num lugar desabitado e desconhecido. Um lugar para o qual nenhuma mensagem jamais foi levada, exceto pelo vento ou pelas gaivotas.

Naquela solidão, o besouro era pintado com tanto cuidado e a flor era cuidada com tanto esmero, como se todos os povos do mundo civilizado estivessem prontos para criticar ou aprovar.

Talvez em nenhum lugar do mundo fosse possível apreciar a esplêndida indiferença da Natureza para com os grandes assuntos do Homem quanto ali.

Entretanto, velho marinheiro não estava pensando em nada disso. Seus olhos estavam fixos numa pequena e quase imperceptível mancha no horizonte ao sul-sudoeste. Era sem dúvida outra ilha quase desmoronada no horizonte. Exceto por essa mancha, toda a roda do mar estava vazia e serena.

Emmeline não os seguira até a rocha. Ela fora colher flores onde alguns arbustos exibiam grandes cachos das frutinhas de arita, as quais tinham a cor carmesim, como que para mostrar ao sol o que a Terra podia fazer na produção de veneno. Ela arrancou dois grandes cachos deles, e com esse tesouro chegou à base da rocha.

— Solte essas frutinhas! — exclamou o sr. Button quando a garotinha atraiu sua atenção. — Não coloque na boca; essas são as frutas do sono eterno.

Ele desceu da rocha como um raio, jogou as coisas venenosas para longe e olhou para a pequenina boca de Emmeline, que, a seu comando, a abriu. Havia apenas uma linguinha rosada lá dentro, porém enrolada como uma folha de rosa; nenhum sinal das frutas ou de veneno. Então, a sacudiu um pouco, exatamente como uma babá teria feito em circunstâncias semelhantes, tirou Dick de cima da rocha e depois os conduziu de volta à praia.

CAPÍTULO XIV

ECOS DA TERRA DAS FADAS

— Senhor Button — disse Emmeline naquela noite, enquanto eles estavam sentados na areia perto da tenda que ele havia improvisado. — Sr. Button... os gatos dormem.

Eles o estavam questionando acerca das frutinhas do "sono eterno".

— E quem disse que não? — perguntou o sr. Button.

— Quer dizer — continuou Emmeline —, eles dormem e nunca mais acordam. Com o nosso foi assim. Ele tinha listras, peito branco e anéis em toda a cauda. Aí ele adormeceu no jardim, todo estendido e mostrando os dentes; e eu contei para Jane, e Dicky entrou correndo e contou para o tio. Depois eu fui tomar chá com a sra. Sims, a esposa do médico; e quando voltei, perguntei a Jane onde estava o bichano... e ela disse que estava morto, mas eu não devia contar ao tio.

— Eu me lembro disso — disse Dick. — Foi o dia que fui ao circo e você me disse para não contar ao papai que o gato estava morto. Mas eu contei ao marido da sra. James quando ele foi cuidar do jardim; e perguntei a ele para onde iam os gatos quando morriam, e ele disse que achava que iam para o inferno... Pelo menos esperava que fossem, pois estavam sempre cavoucando as flores. Então ele me falou para não contar a ninguém que ele tinha falado isso, porque era um palavrão, e ele não deveria ter dito aquilo. Daí perguntei o que ele me daria se eu não contasse, e ele me deu cinco centavos. Foi nesse dia que comprei o coco.

A tenda, uma coisa improvisada feita de dois remos, um galho de árvore, o qual o sr. Button havia serrado de uma figueira-de-bengala anã, e a vela que ele trouxera do navio, foi armada no centro da praia, de modo a evitar a queda de cocos, caso a brisa se fortalecesse durante a noite. O sol havia se posto, mas a lua ainda não tinha nascido quando eles se sentaram à luz das estrelas na areia perto da residência temporária.

— O que são mesmo aquelas coisas que você disse que fizeram mau para as pessoas, Paddy? — perguntou Dick, depois de uma pausa.

— Que coisas?

— Você disse na floresta que eu não deveria falar, senão...

— Ah, os Cluricaunes, os homenzinhos que costuram os brogues do Povo Bom. É deles que está falando?

— Isso — confirmou Dick, sem saber se era de fato ou não, mas ansioso por informações que ele achava que seriam interessantes. — E quem são o Povo Bom?

— Ora, considerando onde você nasceu e cresceu, você não sabe que o Povo Bom é um outro nome para as fadas... preservando sua existência?

— Não há nenhuma — respondeu Dick. — A sra. Sims disse que elas não existem.

— A sra. James disse que existem — emendou Emmeline. — Ela disse que gostava de ver crianças acreditando em fadas. E estava conversando com outra senhora, que tinha uma pena vermelha em seu chapéu e um regalo de pele. Estavam tomando chá, e eu estava sentada no tapete da lareira. Aí ela disse que o mundo estava ficando muito... qualquer coisa, e então a outra senhora disse que sim, e perguntou à sra. James se ela viu uma outra senhora lá com o chapéu horrível que ela usava no Dia de Ação de Graças. Elas não falaram mais nada sobre fadas, mas a sra. James...

— Quer vocês acreditem ou não, elas existem, sim — disse Paddy. — E talvez estejam saindo da floresta atrás de nós agorinha mesmo, e nos ouvindo falar; embora eu duvide que haja alguma por aqui, embora em Connaught, nos velhos tempos, elas fossem gordas como amoras. Eita! Eita! Os velhos tempos; ah, os velhos tempos! Quando voltarão? Agora, vocês podem acreditar ou não, mas meu próprio velho pai, que Deus o tenha!, estava indo para Croagh Patrick uma noite antes do Natal com, numa das mãos, uma garrafa de uísque e, na outra, um ganso, depenado e limpo, que era o mesmo que ter ganhado na loteria, quando, ouvindo um barulho não mais alto que o zumbido de uma abelha, espiou sobre um tojo e lá, ao redor de uma grande pedra branca, o Povo Bom dançava numa roda, de mãos dadas, e batendo os calcanhares, e os olhos deles brilhavam como os de mariposas; e um sujeitinho sobre a pedra, não maior do que a ponta de seu polegar, tocava para ele uma gaita de foles. Ao ver aquilo ele gritou, largou o ganso e foi para casa, por cima de cercas e valas, saltando como um canguru, seu rosto branco como farinha quando ele irrompeu pela porta, onde estávamos todos sentados em volta do fogo, queimando castanhas para ver quem se casaria primeiro.

"'Por todos os santos, qual é o problema com você?', perguntou minha mãe.

"'Eu vi o Povo Bom', respondeu ele, 'no campo distante', continuou; 'e eles ficaram com o ganso, mas, por Deus, consegui salvar a garrafa. Tire a rolha e me dê um tiquinho dela, pois meu coração está saindo pela boca e minha língua parece um tijolo.'

"E quando conseguimos tirar a rolha da garrafa, não havia nada nela; e quando fomos na manhã seguinte procurar o ganso, ele havia sumido. Mas a pedra ainda estava lá, com certeza, e as marcas dos pequenos brogues do sujeito que tocava gaita de foles, e, depois disso, quem ia duvidar que existem fadas?"

As crianças não disseram nada por um tempo, até que Dick quebrou o silêncio:

— Conte para a gente sobre os Cluricaunes e como eles fazem sapatos.

— Bem, eu estou te contando sobre os Cluricaunes — apontou o sr. Button. — É a verdade que estou contando, e do meu próprio conhecimento, pois falei com um homem que segurou um deles na própria mão; era o irmão da minha mãe, Con Cogan, que descanse em paz! Con tinha um metro e oitenta e oito, o rosto comprido e branco; ele teve a cabeça machucada, anos antes de eu nascer, numa briga qualquer, e os médicos o remendaram com uma moeda de cinco xelins.

Dick interrompeu com uma pergunta sobre o processo, o objetivo e o que foi usado para o remendo, mas o sr. Button a ignorou.

— Ele já estava mal o bastante por ver fadas antes de ser remendado, mas depois disso, por Deus, ele ficou duas vezes pior. Eu era um rapazinho na época, mas meu cabelo quase ficou grisalho com as histórias que ele contava sobre o Povo Bom e seus feitos. Uma noite elas o transformaram num cavalo e o montaram por metade do condado, um deles nas costas e outro correndo atrás, enfiando espinhos de tojo sob o rabo para fazê-lo pular. Noutra noite ele foi um burro, atrelado a um carrinho, e sendo chutado na barriga e obrigado a arrastar pedras. Foi também um ganso, correndo sobre a praça com o pescoço esticado grasnando, e uma velha fada atrás dele com uma faca, até que o levou para beber; embora ele não estivesse com vontade.

"E o que ele fez, quando ficou sem dinheiro, senão arrancar a moeda de cinco xelins que lhe enfiaram no topo da cabeça e trocá-la por uma garrafa de uísque, e então isso foi o fim dele."

O sr. Button fez uma pausa para reacender o cachimbo, que havia se apagado, e houve silêncio por um momento.

A lua havia surgido no céu, e o canto das ondas no recife enchia a noite inteira com sua canção de ninar. A ampla lagoa ondulava ao luar para a maré que subia. Sempre que vista ao luar ou à luz das estrelas, parecia duas vezes mais larga do que quando durante o dia. De vez em quando, o barulho de um grande peixe cortava o silêncio e, um instante depois, a ondulação dele passava pela água tranquila.

Grandes coisas aconteciam na lagoa à noite, invisíveis aos olhos da costa. Se tivesse andado por ela, você teria encontrado a floresta atrás deles cheia de luz. Uma floresta tropical sob uma lua tropical é verde como uma caverna marinha. Você pode ver as gavinhas das videiras e as flores, as orquídeas e o tronco das árvores, todos iluminados como se pela luz de um dia tingido de esmeralda.

O sr. Button tirou um longo pedaço de corda do bolso.

— É hora de dormir — anunciou ele. — Vou amarrar Emmeline, pois tenho medo de que ela saia andando em seu sono, vague por aí e se perca na floresta.

— Eu não quero ser amarrada — disse Emmeline.

— É para o seu próprio bem que faço isso — respondeu o sr. Button, prendendo a corda em volta da cintura dela. — Agora venha comigo.

Ele a conduziu como um cachorro preso numa coleira até a tenda e amarrou a outra ponta da corda no remo, que era o principal suporte da cabana.

— Agora, se você se levantar e andar durante a noite, a tenda vai cair sobre nós.

E, com certeza, nas primeiras horas da manhã, caiu.

CAPÍTULO XV

BELÍSSIMAS IMAGENS NO AZUL

—Não quero botar minhas calças velhas! Não quero botar minhas calças velhas!

Dick corria nu pela areia, o sr. Button atrás dele com uma calça pequena na mão. Era como um caranguejo tentando perseguir um antílope.

Fazia quinze dias que estavam na ilha, e Dick descobrira a maior alegria da vida — ficar nu. Ficar nu e chafurdar nas águas rasas da lagoa, ficar nu e se secar ao sol. Estar livre da maldição das roupas, despojar-se da civilização na praia sob a forma de calções, botas, casaco e chapéu, e ser um com o vento, o sol e o mar.

O primeiro comando que o sr. Button deu na segunda manhã de sua chegada foi:

— Dispam-se e entrem na água.

Dick resistiu no início, e Emmeline (que raramente chorava) ficou chorando em sua pequena regata. Mas o sr. Button era obstinado. A dificuldade no início foi fazê-los entrar; a dificuldade agora era mantê-los do lado de fora.

Emmeline estava sentada tão nua quanto a estrela do dia, secando ao sol da manhã após seu mergulho, e observando as evoluções de Dick na areia.

A lagoa tinha para as crianças muito mais atrativos do que a terra. Bosques onde você poderia derrubar bananas maduras das árvores com uma grande vareta, areias onde lagartos dourados correriam tão mansos que você poderia, com um pouco de cautela, agarrá-los pelo rabo, um topo de colina de onde você poderia ver, para usar a expressão de Paddy, "ao fundo do além"; tudo isso era bom o suficiente à sua maneira, mas não era nada se comparado à lagoa.

Lá no fundo, onde havia os corais, você podia observar, enquanto Paddy pescava, todo tipo de coisa se divertindo nos bancos de areia e entre os tufos de coral. Caranguejos-eremitas que haviam largado suas conchas, usando a concha dos outros — um óbvio desajuste; anêmonas-do-mar do tamanho de rosas. Flores que se fechavam de maneira irritante se você abaixasse o dedo suavemente e as tocasse; conchas extraordinárias que andavam sobre antenas, empurrando os caranguejos para fora do caminho e aterrorizando as conchas. As rainhas dos bancos de areia; no entanto, era só tocar suas costas com uma pedra amarrada a um pedaço de barbante, e ela cairia no chão, imóvel e se fingindo de morta. Havia muita natureza humana à espreita nas profundezas da lagoa, comédia e tragédia.

Uma poça da maré inglesa tem suas maravilhas. Você pode imaginar as maravilhas dessa vasta piscina de rochas, com cerca de quatorze quilômetros de diâmetro e variando de quinhentos a oitocentos metros de largura, fervilhando de vida tropical e bandos de peixes coloridos; onde a albacora cintilante passava por baixo do barco como fogo e sombra; onde o reflexo do barco era tão claro no fundo como se a água fosse ar; onde o mar, pacificado pelo recife, contava, como uma criancinha, seus sonhos.

Combinava com o humor preguiçoso do sr. Button que ele nunca percorresse a lagoa por mais de oitocentos metros de cada lado da praia. Ele trazia os peixes que pegava até a praia e, com a ajuda de sua caixa de fazer fogo e gravetos mortos, acendia uma fogueira na areia; cozinhava peixes, fruta-pão e raízes de taro, ajudado e atrapalhado pelas crianças. Eles fixaram a tenda no meio das árvores, à margem do chaparral, e a tornaram maior e mais resistente com a ajuda da vela do bote.

Em meio a essas ocupações, maravilhas e prazeres, as crianças perderam a conta da fuga do tempo. Raramente perguntavam sobre o sr. Lestrange; depois de um tempo, já não perguntavam nada sobre ele. As crianças esquecem rápido.

PARTE III

CAPÍTULO XVI

A POESIA DA APRENDIZAGEM

Para esquecer a passagem do tempo, você deve viver ao ar livre, num clima quente, com o mínimo de roupas possível. Você deve colher e cozinhar sua própria comida. Então, depois de um tempo, se você não tiver laços especiais para prendê-lo à civilização, a Natureza começará a fazer por você o que faz pelo selvagem. Você reconhecerá que é possível ser feliz sem livros ou jornais, cartas ou contas. Reconhecerá o papel que o sono desempenha na Natureza.

Depois de um mês na ilha, era possível ver Dick num momento cheio de vida e atividade, ajudando o sr. Button a desenterrar uma raiz de taro ou qualquer outra coisa, e, no momento seguinte, se enroscar para dormir como um cachorro. Emmeline era igualzinha. Períodos profundos e prolongados no sono; despertares repentinos num mundo de ar puro e luz deslumbrante, a alegria das cores ao redor. A natureza realmente abriu suas portas para essas crianças.

Alguém poderia tê-la imaginado num estado de espírito ousado, dizendo: "Deixe-me colocar esses botões de civilização de volta no meu berçário e ver o que eles se tornarão — como florescerão e qual será o fim de tudo isso".

Assim como Emmeline trouxera sua preciosa caixa do *Northumberland*, Dick trouxera consigo uma pequena bolsa de linho que tinia quando sacudida. Continha bolinhas de gude. Algumas pequenas bolinhas verde-oliva e outras médias, de várias cores; bolinhas de vidro com núcleos coloridos esplêndidos; e uma enorme e velha bolinha de gude, grande demais para se brincar, mas ainda assim válida de ser adorada — a deusa das bolinhas de gude.

Claro que não se pode jogar bolinhas de gude a bordo do navio, mas pode-se *brincar* com elas. Tinham sido um grande conforto para Dick na viagem. Ele as conhecia pessoalmente, e as espalhava no colchão de seu beliche e as revisava quase todos os dias, enquanto Emmeline observava.

Um dia, o sr. Button, notando Dick e a garota ajoelhados um de frente para o outro num pedaço de areia plano e duro perto da beira d'água, aproximou-se para ver o que estavam fazendo. Os dois estavam jogando bolinhas de gude. Ele ficou com as mãos nos bolsos e o cachimbo na boca observando e criticando o jogo, satisfeito que as crianças estivessem se divertindo. Então começou a se entreter, e em poucos minutos estava de joelhos pegando um punhado de bolinhas; Emmeline, uma jogadora meia-boca e sem entusiasmo, retirou-se para dar a vez a ele.

Depois disso era comum vê-los brincando juntos, o velho marinheiro de joelhos, um olho fechado e uma bolinha de gude na unha do polegar, mirando; Dick e Emmeline vigiando para ter certeza de que ele estava jogando limpo, suas vozes estridentes ecoando entre os coqueiros com gritos de "Ajoelhe-se, Paddy, ajoelhe-se!". Ele participava de todas as brincadeiras como se fosse um deles. Em raras ocasiões, Emmeline abria sua preciosa caixa, espalhava seu conteúdo e dava uma festa do chá e, dependendo da ocasião, o sr. Button atuava como convidado ou cerimonialista.

— O seu chá está do seu agrado, senhora? — perguntava ele.

Ao que Emmeline, sorvendo seu copinho, invariavelmente respondia:

— Mais um torrão de açúcar, por favor, sr. Button.

E a isso viria a resposta estereotipada:

— Pegue uma dúzia e fique à vontade; e outra xícara, por favor.

Então Emmeline lavava as coisas em água imaginária, recolocava-as na caixa, e todos perdiam os bons modos e se tornavam bastante naturais outra vez.

— Você já viu seu nome, Paddy? — perguntou Dick certa manhã.

— Eu vi o quê?

— Seu nome?

— Arrah, não fique me fazendo essas perguntas — respondeu o outro. — Como diabos eu poderia ver meu nome?

— Espere e eu vou te mostrar — respondeu Dick.

Ele correu, pegou uma vareta e, um minuto depois, na areia branca salgada, bem na cara da ortografia e do sol, apareceram as seguintes letras portentosas:

BUTTEN

— Ora, você é um menino sabido — disse o sr. Button com admiração, enquanto se inclinava luxuosamente contra um coqueiro e contemplava a obra de Dick. — Esse é o meu nome, é? E quais são as letras nele?

Dick as soletrou.

— Eu vou te ensinar a fazer isso também — falou ele. — Vou ensiná-lo a escrever seu nome, Paddy. Você gostaria de escrever seu nome?

— Não — respondeu o velho, que só queria fumar seu cachimbo em paz. — Meu nome não me serve de nada.

Mas Dick, com a terrível energia da infância, não seria dispensado assim, e o desafortunado sr. Button teve que ir à escola contra a própria vontade. Em poucos dias, ele conseguiria desenhar na areia imagens como as descritas ainda há pouco, mas não sem ser instigado, Dick e Emmeline de cada lado dele, prendendo a respiração por medo de um erro.

— Qual é a próxima? — perguntava o escriba, com o suor escorrendo pela testa. — O que vem depois? E seja rápido, pois estou entediado.

— N. N... isso mesmo... Olha, você está escrevendo torto! *Agora* está certo... isso aí! Estão todas aí agora. Uhuuu!

— Uhuuu — responderia o aluno, acenando com seu velho chapéu sobre seu próprio nome, e "Hurroo!" responderiam os ecos dos coqueiros; enquanto o distante e fraco silvo das gaivotas rodopiantes no recife vinha sobre a lagoa azul como em reconhecimento do feito e como forma de encorajamento.

Ensinar era algo que viciava. O exercício mental mais agradável da infância é a instrução dos mais velhos. Até Emmeline sentiu isso. Um dia ela deu a aula de geografia de forma tímida, colocando sua mãozinha no grande punho ossudo do amigo.

— Sr. Button!

— O que foi, querida?

— Eu sei geografia.

— E o que é isso? — perguntou o sr. Button.

Isso deixou Emmeline perplexa por um momento.

— É onde ficam os lugares — disse ela finalmente.

— Que lugares? — perguntou ele.

— Todos os tipos de lugar — respondeu Emmeline. — Sr. Button!

— O que foi, querida?

— Você gostaria de aprender geografia?

— Eu não quero aprender nada — disse o outro apressadamente. — Ouvir essas coisas que eles tiram dos livros faz minha cabeça zunir.

— Paddy — chamou Dick, que estava desenhando com afinco naquela tarde —, olhe aqui.

Ele havia desenhado o seguinte na areia:

— Isso é um elefante — disse ele com a voz duvidosa.

O sr. Button grunhiu, e o som não era, de forma alguma, carregado de um assentimento entusiasmado. Um calafrio caiu sobre a ação.

Dick limpou o elefante devagar e com pesar, enquanto Emmeline se sentia desanimada. Então seu rosto de repente clareou; o sorriso seráfico apareceu por um momento — uma ideia brilhante lhe ocorrera.

— Dicky — disse ela —, desenhe Henrique, o Oito.

O rosto de Dick se iluminou. Ele limpou a areia e desenhou a seguinte figura:

— *Esse* não é o Henrique, o Oito — explicou Dick —, mas será num minutinho. Papai me mostrou como desenhá-lo; ele não é nada até colocar o chapéu.

— Coloque o chapéu, coloque o chapéu! — implorou Emmeline, enquanto olhava alternadamente da figura na areia para o rosto do sr. Button, observando o sorriso encantado com o qual ela tinha certeza de que o velho saudaria o grande rei quando ele aparecesse em toda a sua glória.

Então Dick colocou o chapéu de Henrique.

Nenhum retrato poderia ser mais parecido com sua majestade caçadora de monges do que essa, criada com traços de bambu (por assim dizer), mas o sr. Button permaneceu impassível.

— Fiz isso para a sra. Sims — disse Dick com pesar —, e ela disse que era igualzinho a ele.

— Talvez o chapéu não esteja grande o suficiente — tentou Emmeline, virando a cabeça de um lado para o outro enquanto olhava para o desenho. Parecia certo, mas ela sentiu que devia haver algo de errado, pois o sr. Button não aplaudiu. Todo verdadeiro artista não sentiu o mesmo diante do silêncio de algum crítico?

O sr. Button tirou as cinzas de seu cachimbo e levantou-se para se esticar, e a turma se levantou e marchou até a beira da lagoa, deixando Henrique e seu chapéu como uma figura na areia a ser destruída pelo vento.

Com o passar do tempo, o sr. Button passou a achar as aulas uma coisa natural, as pequenas invenções das crianças auxiliando seu conhecimento totalmente não confiável. Conhecimento, talvez, tão útil quanto qualquer outro ali em meio à bela poesia das palmeiras e do céu.

Os dias se transformaram em semanas; e as semanas, em meses, sem que nenhum navio aparecesse — fato que incomodava muito pouco o sr. Button; e menos ainda seus pupilos, que estavam ocupados e se divertindo demais para se preocuparem com navios.

A estação chuvosa veio sobre eles com pressa, e atente-se aqui para que as palavras "estação chuvosa" não evoquem em sua mente a ideia de um dia chuvoso em Manchester.

A estação chuvosa aqui era bastante vívida. Chuvas torrenciais seguidas por rajadas de sol, arco-íris e tempestades, e o delicioso perfume de todos os tipos de coisas que crescem na terra.

Depois das chuvas, o velho marinheiro disse que ia tratar de fazer uma casa de bambus antes que as próximas chuvas caíssem sobre eles; mas, talvez, antes disso eles estivessem longe da ilha.

— No entanto — disse ele —, vou fazer um desenho de como será quando terminar. — E, então, na areia desenhou uma figura assim:

Tendo assim desenhado a planta da construção, recostou-se numa palmeira de cacau e acendeu o cachimbo. Mas ele não havia contado com Dick.

O menino não tinha o menor desejo de morar numa casa, mas tinha um desejo ardente de ver uma ser erguida e ajudar na construção. A engenhosidade que faz parte da base multiforme da natureza americana foi despertada.

— Como você vai evitar que eles escorreguem, se você os amarrar assim? — perguntou ele, quando Paddy explicou melhor seu método.

— Eles quem?

— Os bambus... um do outro?

— Depois que você fixá-los, um sobre o outro, você enfia um prego no cruzamento e amarra uma corda por cima de tudo.

— Você tem pregos, Paddy?

— Não, não tenho — disse o sr. Button.

— Então como vai construir a casa?

— Não me faça perguntas agora. Eu quero fumar meu cachimbo.

Mas ele havia despertado um demônio difícil de adormecer. De manhã, à tarde e à noite, era o tempo todo: "Paddy, quando você vai começar a casa?" ou "Paddy, acho que encontrei uma forma de fazer os bambus se fixarem sem precisar de prego". Até que o sr. Button, em desespero, como um castor, começou a construir.

Houve um grande corte de bambu no matagal acima e, quando tinham o suficiente, o sr. Button parou de trabalhar por três dias. Ele teria parado definitivamente, mas havia encontrado um capataz.

O incansável Dick, jovem e ativo, sem a preguiça original em sua composição, sem ossos velhos para descansar ou cachimbo para fumar, mantinha-se atrás dele como uma mosca varejeira. Foi em vão que tentou afastá-lo com histórias sobre fadas e Cluricaunes. Dick queria construir uma casa.

O sr. Button, não. Este queria descansar. Não se importava de pescar ou subir num coqueiro, o que fazia de forma admirável, passando uma corda em volta de si e da árvore, dando-lhe um nó e usando-a como apoio durante a subida; mas a construção de casas era um trabalho monótono.

Ele disse que não tinha pregos. Dick respondeu mostrando como os bambus poderiam ser mantidos juntos, encaixando-os.

— Ora, ora, você é um menino esperto — apontou o homem cansado com admiração quando o outro explicou seu método.

— Então venha, Paddy, e empilhe-os.

O sr. Button disse que não tinha corda, que teria que pensar nisso, que amanhã ou no dia seguinte tentaria ter alguma ideia de como construir a casa sem precisar de corda. Mas Dick observou que o tecido marrom que a Natureza enrolava nos caules do coqueiro serviria como corda se fosse cortado em tiras. Então o atormentado cedeu.

Eles trabalharam durante quinze dias na coisa e, ao fim desse tempo, produziram uma espécie de cabana tosca nas bordas do chaparral.

Lá fora, no recife, para onde muitas vezes remavam no bote quando a maré estava baixa, havia poças profundas, e nas poças havia peixes. Paddy disse que, se eles tivessem uma lança, poderiam conseguir alguns desses peixes, pois ele vira os nativos fazerem assim lá no Taiti.

Dick perguntou sobre a natureza de uma lança, e no dia seguinte mostrou um bambu de três metros afiado na ponta à maneira de uma pena.

— Ora, qual é a utilidade disso? — perguntou o sr. Button. — Você pode enfiá-lo num peixe, mas ele se livraria em dois segundos; é a farpa que os segura.

No dia seguinte, o infatigável produziu o bambu corrigido; ele o havia reduzido a cerca de um metro da extremidade, de um lado, e esculpido uma farpa bastante eficiente. Foi boa o bastante, em todos os eventos, para espetar um peixe garoupa naquela noite, nas piscinas do recife, iluminadas pelo pôr do sol na maré baixa.

— Não há batatas aqui — notou Dick um dia, depois das segundas chuvas.

— Nós comemos todas elas uns meses atrás — respondeu Paddy.

— Como as batatas crescem? — perguntou Dick.

— Como crescem, é? Ora, elas crescem no solo; onde mais cresceriam? — Ele explicou o processo de plantar batatas: cortá-las em pedaços para que houvesse um olho em cada pedaço, e assim por diante. — Tendo feito isso — orientou o sr. Button —, você simplesmente joga os pedaços no chão; os olhos delas crescem, as folhas verdes "surgem" e então, se você cavar as raízes talvez, seis meses depois, encontrará alqueires de batatas no chão, algumas do tamanho de sua cabeça e outras pequeninas. É como uma família de crianças, algumas são grandes e outras, pequenas. Mas lá estão elas no chão, e tudo que você tem a fazer é pegar uma pá e cavar um pote cheio delas com um giro do pulso, como tantas vezes fiz nos velhos tempos.

— E por que não fizemos isso? — perguntou Dick.

— Não fizemos o quê? — perguntou o sr. Button.

— Plantamos algumas batatas.

— E onde encontraríamos a pá para plantá-las?

— Acho que poderíamos ter improvisado uma pá — respondeu o menino. — Uma vez fiz uma pá em casa, com um pedaço de tábua velha... papai ajudou.

— Bem, suma daqui e faça uma pá agora — respondeu o outro, que queria ficar quieto e pensar. — Aí você e Emmeline podem cavar na areia.

Emmeline estava sentada ali perto, amarrando algumas lindas flores numa gavinha de cipó. Meses de sol e ozônio fizeram uma diferença considerável na menina. Ela estava bronzeada como uma andarilha e de forma considerável, aquele olhar como se estivesse contemplando o futuro e a imensidão — não como abstrações, mas como imagens concretas, e ela havia perdido o hábito do sonambulismo.

O choque da tenda caindo na primeira noite em que foi amarrada ao remo do barco a havia livrado disso, ajudada pelas novas condições saudáveis de vida, os banhos de mar e o eterno ar livre. Não há narcótico que supere o ar fresco.

Meses de semisselvageria também fizeram muita diferença na aparência de Dick. Ele estava cinco centímetros mais alto do que no dia em que chegaram. Sardento e bronzeado, tinha a aparência de um menino de 12 anos. Era a promessa de um bom homem. Não era uma criança bonita, mas tinha uma aparência saudável, com uma risada alegre e uma expressão ousada no rosto, quase insolente.

A questão das roupas das crianças começava a atormentar a mente do velho marinheiro. O clima era um conjunto de roupas em si. Uma delas ficava muito mais feliz com quase nada. Claro que havia mudanças de temperatura, mas eram leves. Verão eterno, interrompido por chuvas torrenciais, e por vezes uma tempestade, esse era o clima da ilha; ainda assim, as crianças não podiam andar sem nada.

Ele pegou um pouco da flanela listrada e fez uma saia para Emmeline. Era engraçado vê-lo sentado na areia, Emmeline de pé diante dele com a roupa na cintura, fazendo a prova; ele, com a boca cheia de alfinetes, e o estojo de costura com a tesoura, agulhas e linha ao seu lado.

— Vire um pouco mais para a esquerda — dizia ele —, só um pouquinho assim. Não se mexa... Eita! Eita! Cadê essa tesoura? Dick, segure a ponta dessa linha até eu dar os pontos atrás. Está ficando confortável? Bem, e você é o encrenqueiro nisso tudo. Que tal? Assim é mais fácil, não é? Levante seu pé para eu ver se ele chega aos seus joelhos. Agora vá embora, e me deixe sozinho até eu costurar tudo.

Era a mistura de uma saia e a ideia de uma vela, pois tinha duas fileiras de pontas de recife; uma ideia muito engenhosa, pois poderia ser rizada se a criança quisesse remar ou se estivesse ventando.

CAPÍTULO XVII

O BARRIL DO DIABO

Certa manhã, cerca de uma semana depois do dia em que o velho marinheiro, para usar sua própria expressão, havia dobrado uma saia sobre Emmeline, Dick veio correndo pela floresta e pela areia. Ele vinha do topo da colina.

— Paddy — gritava para o velho, que estava prendendo um anzol numa linha de pesca —, um navio!

Não demorou muito para o sr. Button chegar ao topo da colina, e lá estava ele, se encaminhando para a ilha. Torta e atarracada, a figura de uma velha embarcação holandesa, e mostrando seu ofício a uma légua de distância. Foi logo depois das chuvas, o céu ainda não estava completamente limpo; dava para ver as chuvas no mar, que estava verde e coberto de espuma.

Havia o equipamento de teste; havia os botes, o ninho de corvo, e tudo mais, caracterizando uma baleeira. Era um navio, sem dúvida, mas Paddy Button preferia embarcar num navio tripulado por demônios e capitaneado por Lúcifer a embarcar num baleeiro dos Mares do Sul. Ele já tinha estado lá antes, e sabia.

Escondeu as crianças sob uma grande figueira e disse-lhes que não se mexessem ou respirassem até que ele voltasse, pois aquele era "o próprio navio do diabo"; e se os homens a bordo os pegassem, os esfolariam vivos.

Então ele foi para a praia; pegou todas as coisas da cabana, e todos os bens velhos em forma de botas e roupas antigas, e os guardou no bote. Ele teria destruído a cabana se pudesse, mas não havia tempo. Em seguida, remou o bote cem metros descendo a lagoa à esquerda e o atracou sob a sombra de uma figueira-de-bengala, cujos galhos cresciam bem acima da água. Depois voltou a pé pelo coqueiral e espiou por entre as árvores sobre a lagoa para ver o que havia.

O vento soprava forte pela abertura no recife, e o velho baleeiro veio enfrentando as ondas com sua proa e entrou na lagoa. Não havia nenhum líder em suas correntes. Ele simplesmente chegou como se conhecesse aquelas águas de cor — como provavelmente conhecia —, pois esses baleeiros conhecem cada buraco e cada canto do Pacífico.

A âncora caiu com um respingo, e o navio girou ao redor dela, fazendo uma imagem bastante estranha enquanto flutuava no espelho azul, apoiada pela graciosa palmeira no recife. Então o sr. Button, sem esperar para ver os botes serem baixados, voltou para seus protegidos, e os três acamparam na floresta naquela noite.

Na manhã seguinte, o baleeiro foi embora, deixando como prova de sua visita a areia branca toda pisoteada, uma garrafa vazia, meio jornal velho e a cabana despedaçada.

O velho marinheiro amaldiçoou a embarcação e seus tripulantes, pois o incidente trouxera um novo exercício para sua vida preguiçosa. Agora, todos os dias ao meio-dia ele tinha que subir a colina, à procura de baleeiros. Os baleeiros assombravam seus sonhos, embora eu duvide que ele teria embarcado de boa vontade mesmo num navio a vapor do Royal Mail. Ele estava muito feliz onde estava. Depois de longos anos de castelo de proa, a ilha era uma mudança de verdade. Ele tinha tabaco suficiente para muito tempo, as crianças como companheiras e comida ao seu dispor. Ele teria ficado inteiramente feliz se ao menos a natureza tivesse suprido a ilha com uma taberna.

No entanto, o espírito de hilaridade e boa camaradagem, o qual de repente descobriu esse erro por parte da Natureza, corrigiu-o, como se verá em breve.

O resultado mais desastroso da visita do baleeiro não foi a destruição da "casa", mas o desaparecimento da caixa de Emmeline. Viraram tudo de alto a baixo, mas a caixa não foi encontrada. O sr. Button, em sua pressa, devia tê-la esquecido quando levou as coisas para o bote — em todo caso, ela havia sumido. Provavelmente um dos tripulantes dos baleeiros a encontrara e a levara consigo; não dava para saber. Acabou, e aquele era um assunto encerrado, e o início da grande tribulação, que durou uma semana para Emmeline.

Ela gostava muito de coisas coloridas, especialmente de flores; e tinha o jeito mais bonito de transformá-las numa guirlanda para sua própria cabeça ou para a cabeça de outra pessoa. Era o instinto de fazer chapéus que estava agindo nela, talvez; em todo caso, era um instinto feminino, pois Dick não fazia coroas.

Certa manhã, enquanto estava sentada ao lado do velho marinheiro engajado em amarrar conchas, Dick veio correndo pela beira do bosque. Ele tinha acabado de sair da floresta e parecia estar procurando alguma coisa. Então encontrou o que buscava — uma grande concha — e, com ela na mão, voltou para a floresta.

Sua roupa era um pedaço de tecido de coco amarrado em volta da cintura. Por que ele o usava, só Deus sabia, pois quase sempre corria nu.

— Encontrei algo, Paddy! — gritou, enquanto desaparecia entre as árvores.

— O que você encontrou? — perguntou Emmeline, que sempre se interessava por coisas novas.

— Algo estranho! — veio a resposta do meio das árvores.

Logo ele voltou; mas não estava correndo agora. Estava andando devagar e com cuidado, segurando a concha como se ela contivesse algo precioso que ele temia que escapasse.

— Paddy, eu virei o barril velho e tinha uma coisa de cortiça nele, e eu puxei para fora, e o barril está cheio de coisas com um cheiro terrivelmente estranho. Eu trouxe um pouco para você ver.

Ele entregou a concha nas mãos do velho marinheiro. Havia cerca de meia guelra de líquido amarelo na concha. Paddy cheirou, provou e deu um grito.

— Rum, por Deus!

— O que é isso, Paddy? — perguntou Emmeline.

— *Onde* você disse que conseguiu... no velho barril, foi? — perguntou o sr. Button, que parecia atordoado, como se tivesse recebido um golpe.

— Sim. Eu puxei a coisa de cortiça para fora...

— *Você colocou de volta?*

— Sim.

— Ah, glória a Deus! E pensar que eu estava ali, sabe-se há quanto tempo, sentado num velho barril vazio, com a língua caindo até os calcanhares por falta de uma bebida, e a coisa estava cheia de rum o tempo todo!

Ele tomou um gole, jogou fora, fechou os lábios com força para manter ali os vapores e fechou um olho.

Emmeline riu.

O sr. Button ficou de pé. Eles o seguiram pelo chaparral até chegarem à fonte de água. Ali estava o pequeno barril verde; virado pelo inquieto Dick, jazia com a rolha apontada para as folhas acima.

Dava para ver o buraco que havia feito no solo macio durante os anos. Era tão verde, e tão parecido com um objeto da natureza, um pedaço de tronco de árvore velho, ou uma pedra manchada de líquen, que, embora os baleeiros tivessem realmente se abastecido da fonte, sua verdadeira natureza não havia sido descoberta.

O sr. Button bateu nele com a ponta da concha: estava quase cheio. Por que foi deixado lá, por quem ou como, não havia ninguém para dizer. Os velhos crânios cobertos de líquen poderiam ter contado, talvez.

— Vamos rolá-lo até a praia — disse Paddy, depois de provar mais uma vez.

Ele deu um gole a Dick. O menino cuspiu e fez uma careta, então, empurrando o barril diante deles, começaram a rolá-lo morro abaixo até a praia, Emmeline correndo diante deles coroada de flores.

CAPÍTULO XVIII

A CAÇA AOS RATOS

Comeram ao meio-dia. Paddy sabia cozinhar peixe à moda da ilha, embrulhando-os em folhas e assando-os num buraco no chão onde antes se acendera uma fogueira. Eles tinham peixe e raiz de taro assados, e cocos verdes; e depois da refeição, o sr. Button encheu uma grande concha com rum e acendeu o cachimbo.

Originalmente, o rum já era bom, e a idade só o tornara melhor. Acostumado como estava à terrível bebida vendida nos antros da "Barbary Coast", em São Francisco, ou nas tavernas das docas, aquilo ali era um néctar.

A jovialidade irradiava dele: era contagiante. As crianças sentiram que alguma influência feliz havia caído sobre seu amigo. Geralmente, depois de comer, ele ficava sonolento e "desejando ficar quieto". Hoje contou-lhes histórias do mar e cantou-lhes canções:

"Sou um marinheiro de ventos quentes que voltou de Hong Kong,
Ei, ho! Derrubem o homem.
Derrubem o homem, valentões, derrubem o homem,
Oh, dê-nos *tempo* para derrubar o homem.
Você é um vagabundo que voltou de Nova York,
Ei, ho! Derrubem o homem,
Derrubem o homem, valentões, derrubem o homem.
Oh, dê-nos *tempo* para derrubar o homem."

— Oh, dê-nos *tempo* para derrubar o homem! — ecoaram Dick e Emmeline.

Lá em cima, nas árvores, os pássaros de olhos brilhantes os observavam — uma festa tão feliz. Tinham toda a aparência de quem fazia piquenique, e a música ecoava entre os coqueiros, e o vento a levava sobre a lagoa até onde as gaivotas giravam e gritavam, e a espuma trovejava no recife.

Naquela noite, o sr. Button, sentindo-se inclinado à jovialidade e não desejando que as crianças o vissem sob a influência do álcool, rolou o barril pelo coqueiral até uma pequena clareira à beira da água. Lá, quando as crianças estavam na cama e dormindo, ele o consertou com alguns cocos verdes e uma casca. Ele era geralmente musical quando se divertia dessa maneira, e Emmeline, acordando durante a noite, ouvia sua voz levada pelo vento através do coqueiral enluarado:

"Havia cinco ou seis velhos marinheiros bêbados
Parados diante do bar,
E Larry os estava servindo

De um grande pote de cinco galões.

"*Refrão.*
Levante a bandeira, que por muito tempo ela ondule!
Por muito tempo possa nos levar à glória ou à sepultura.
Firmes, rapazes, rígidos — soe o jubileu,
Pois a Babilônia caiu, e os negros estão todos em liberdade."

Na manhã seguinte, o músico acordou ao lado do barril. Ele não tinha nenhum traço de dor de cabeça, ou qualquer sensação ruim, mas botou Dick para cozinhar; e ele estava deitado à sombra dos coqueiros, com a cabeça numa pilha feita de um casaco velho enrolado, girando os polegares, fumando seu cachimbo e discorrendo sobre os velhos tempos, meio para si mesmo e meio para seus companheiros.

Naquela noite, teve outra noite musical só para ele, e assim continuou por uma semana. Então começou a perder o apetite e o sono; e uma manhã Dick o encontrou sentado na areia parecendo realmente muito esquisito — bem que poderia, pois estivera "vendo coisas" desde o amanhecer.

— O que foi, Paddy? — perguntou o menino, correndo, seguido por Emmeline.

O sr. Button estava olhando para um ponto na areia ali perto. Ele tinha a mão direita erguida como uma pessoa que está tentando pegar uma mosca. De repente, ele agarrou a areia, e então abriu bem a mão para ver o que havia pegado.

— O que foi, Paddy?

— O Cluricaune — respondeu o sr. Button. — Ele estava todo vestido de verde... Eita! Eita! Mas eu só estou fingindo.

O mal de que ele sofria tem essa coisa estranha, que, embora o paciente veja ratos, ou cobras, ou qualquer outra coisa, tão reais quanto as coisas reais de fato, e embora eles tenham o controle de sua mente por um momento, quase imediatamente ele reconhece que está tendo uma ilusão.

As crianças riram, e o sr. Button riu de uma maneira estúpida.

— Claro, era só uma brincadeira que eu estava fazendo... não havia nenhum Cluricaune... é que quando bebo rum me dá vontade de fazer brincadeiras assim. Ah, é a mais pura verdade, há ratos vermelhos saindo da areia!

Ele ficou de quatro e correu em direção aos coqueiros, olhando por cima do ombro com uma expressão confusa no rosto. Ele teria se levantado para fugir, só que não se atreveu a ficar de pé.

As crianças riram e dançaram em volta dele enquanto ele engatinhava.

— Olhe para os ratos, Paddy! Olhe para os ratos! — gritou Dick.

— Eles estão na minha frente! — gritou o homem atormentado, agarrando ferozmente a cauda de um roedor imaginário. — Fugiram as pestes... Agora eles se foram. Eita, mas estou fazendo papel de tolo.

— Vá em frente, Paddy — disse Dick. — Não pare... Olhe ali... há mais ratos vindo atrás de você!

— Ora, cale a boca, você — respondeu Paddy, sentando-se na areia e enxugando a testa. — Eles já me deixaram agora.

As crianças ficaram paradas, decepcionadas com a brincadeira. A boa atuação atrai tanto as crianças quanto os adultos. Ficaram esperando por outro acesso de humor do comediante, e não tiveram que esperar muito.

Uma coisa parecida com um cavalo esfolado saiu da lagoa e subiu a praia, e dessa vez o sr. Button não rastejou para longe. Ele se levantou e correu.

— É um cavalo que está atrás de mim. É um cavalo que está atrás de mim! Dick! Dick! Acerte-o com um ferro. Dick! Dick! Espante-o.

— Uhuu! Uhuu! — gritou Dick, perseguindo o homem, que corria num amplo círculo, o rosto largo e vermelho virado sobre o ombro esquerdo. — Vai, Paddy! Vai, Paddy!

— Fique longe de mim, sua besta! — gritou Paddy. — Santa Maria, Mãe de Deus! Eu vou te dar um chute com o meu pé se chegar perto de mim. Emmeline! Emmeline! Venha e fique entre nós!

Ele tropeçou e caiu na areia, o infatigável Dick batendo nele com um pequeno graveto que pegou para fazê-lo continuar.

— Estou melhor agora, mas estou quase esgotado — disse o sr. Button, sentando-se na areia. — Mas, amigo, se eu for perseguido por mais coisas como essas, é seguro dizer que será no mar que vou me jogar. Dick, me empreste seu braço.

Ele pegou o braço de Dick e caminhou até a sombra das árvores. Ali, se jogou no chão e disse às crianças que o deixassem dormir. Elas entenderam que a brincadeira havia acabado e o deixaram. Ele dormiu seis horas a fio; foi seu primeiro sono de verdade em vários dias. Quando acordou, estava bem, mas muito trêmulo.

CAPÍTULO XIX

A LUZ DAS ESTRELAS NA ESPUMA

O sr. Button não viu mais ratos, para grande decepção de Dick. Ele estava sóbrio. Ao amanhecer do dia seguinte, levantou-se, revigorado por um segundo sono, e caminhou até a beira da lagoa. A abertura no recife dava para o leste, e a luz do amanhecer vinha ondulando com a maré cheia.

— Eu fui um tolo — disse ele, arrependido. — Um grande tolo.

Ele estava completamente errado; na verdade, era apenas um homem acossado e traído.

Ele ficou parado por um tempo, amaldiçoando a bebida, "e aqueles que a vendem". Então decidiu colocar-se fora do caminho da tentação. Puxou a tampa do barril e deixou o conteúdo derramar?

Tal pensamento nunca lhe ocorreu — ou, se ocorreu, foi imediatamente descartado; pois, embora um velho marinheiro possa amaldiçoar a bebida, o bom rum é para ele uma coisa sagrada; e despejar meio barril de rum no mar seria um ato quase equivalente ao assassinato de uma criança. Ele colocou o barril no bote e remou até o recife. Lá ele o colocou ao abrigo de um grande pedaço de coral e remou de volta.

Paddy fora treinado durante toda a vida para a embriaguez ritmada. Geralmente se passavam quatro meses ou mais entre suas recaídas — às vezes seis; tudo dependia da duração da viagem. Seis meses se passaram antes que ele sentisse até mesmo uma inclinação para olhar para o barril de rum, aquele minúsculo ponto escuro no recife. E ainda bem, pois durante esses seis meses chegou outro navio baleeiro, se reabasteceu e foi evitado.

— Que droga! O mar aqui parece produzir navios baleeiros, e nada além disso. É como insetos numa cama: você mata um, e depois vem outro. De qualquer forma, estamos fechados para eles por um tempo.

Ele caminhou até a beira da lagoa, olhou para a pequena mancha escura e assobiou. Então voltou para preparar o jantar. Aquela pequena mancha escura começou a incomodá-lo depois de um tempo; não a mancha em si, mas a bebida que ela continha.

Os dias se tornaram longos e cansativos, os mesmos dias que haviam sido tão curtos e agradáveis. Para as crianças não havia tempo. Tendo saúde absoluta e perfeita, eles desfrutavam da felicidade até onde os mortais podem desfrutar. O sistema nervoso altamente tenso de Emmeline, é verdade, desenvolveu uma dor de cabeça quando ela ficava muito tempo sob o sol forte, mas eram poucas e espaçadas.

A bebida no pequeno barril, que vinha sussurrando do outro lado da lagoa havia algumas semanas, por fim começou a gritar. O sr. Button, metaforicamente falando, tapou os ouvidos. Ele se ocupou com as crianças tanto quanto possível. Fez outra roupa para Emmeline e cortou o cabelo de Dick com a tesoura (um trabalho que em geral era realizado uma vez a cada dois meses).

Uma noite, para evitar que o rum incomodasse sua cabeça, contou-lhes a história de Jack Dogherty e o Merrow, que é bem conhecida na costa oeste.

O Merrow leva Jack para jantar no fundo do mar e mostra-lhe os potes de lagosta onde ele guarda as almas de velhos marinheiros, e depois eles jantam, e o Merrow traz uma grande garrafa de rum.

Para ele, lembrar e contar essa história foi fatal; pois, depois que seus companheiros adormeceram, a visão do Merrow e de Jack conversando, e a ideia da alegria disso, surgiu diante dele e despertou uma sede de jovialidade a que ele não podia resistir.

Havia alguns cocos verdes que ele colhera naquele dia, amontoados debaixo de uma árvore — meia dúzia, mais ou menos. Ele pegou vários deles e uma concha, encontrou o bote onde estava atracado à figueira-de-bengala, desamarrou-o e empurrou-o para a lagoa.

A lagoa e o céu estavam cheios de estrelas. Nas profundezas escuras da água podiam ser vistos brilhos fosforescentes de peixes que passavam, e o estrondo das ondas no recife enchia a noite com seu canto.

Ele fixou cuidadosamente o remo do barco em torno de um espigão de coral e pousou no recife, e com uma concha de rum e água de coco misturada meio a meio, ele se sentou numa borda alta de coral de onde tinha uma vista do mar e da costa de corais.

Em uma noite de luar, era bom sentar ali e observar as grandes ondas chegando, todas marmoreadas, nubladas, com arco-íris se formando nos borrifos de água. Mas a neve e o canto delas sob a luz difusa das estrelas produziam um efeito mais indescritivelmente belo e estranho.

A maré estava baixando agora, e o sr. Button, sentado fumando seu cachimbo e bebendo seu grogue, podia ver espelhos brilhantes aqui e ali onde a água se formava em piscinas naturais. Depois de contemplar essas paisagens por um tempo considerável em completo contentamento, ele voltou para o lado da lagoa do recife e sentou-se ao lado do pequeno barril. Então, depois de um tempo, se você estivesse parado na margem oposta, teria ouvido fragmentos de música transportados pelas águas trêmulas da lagoa.

"Navegando, navegando,
Abaixo pela costa de Barbary."

Se a costa de Barbary em questão é a de São Francisco, ou a verdadeira, não importa. É uma canção dos velhos tempos; e quando você a ouve, seja num recife de corais ou num cais de granito, pode ter certeza de que um marinheiro dos velhos tempos está cantando, e que o marinheiro dos velhos tempos está embebedado.

Logo o bote desembarcou do recife, o casco rompeu as águas estreladas e grandes círculos trêmulos de luz responderam ritmicamente ao rangido lento e constante dos pinos de madeira contra o couro. Ele amarrou à figueira-de-bengala, viu que os cascos foram transportados com segurança; então, respirando pesadamente, tirou as botas com medo de acordar as crianças. Como estas dormiam a mais de duzentos metros de distância, era uma precaução desnecessária — sobretudo porque a distância intermediária era principalmente de areia macia.

Água de coco verde e rum misturados são agradáveis o suficiente para beber, mas ficam melhor se bebidos de forma separada; combinados, nem mesmo o cérebro de um velho marinheiro pode produzir nada além de névoa e confusão; isto é, no modo de pensar

— no modo de agir, podem levá-lo a fazer muito. Eles fizeram Paddy Button nadar na lagoa.

A lembrança veio-lhe de repente, enquanto subia a praia em direção à cabana, que havia deixado o bote amarrado ao recife. O bote estava, na verdade, são e salvo amarrado à figueira-de-bengala; mas a memória do sr. Button lhe disse que estava no recife. A forma como ele havia atravessado a lagoa, não tinha a menor importância; o fato de ter atravessado sem o barco, mas sem se molhar, não lhe pareceu estranho. Ele não tinha tempo para lidar com detalhes como esses. O bote tinha de ser levado através da lagoa, e só havia uma maneira de buscá-lo. Então ele desceu a praia até a beira da água, tirou as botas, o casaco e mergulhou. A lagoa era ampla, mas em seu estado de espírito atual ele teria nadado o Helesponto. Sua figura partiu da praia, a noite retomou sua majestade e aspecto de meditação.

A lagoa estava tão iluminada pelo brilho das estrelas que a cabeça do nadador podia ser distinguida no meio de círculos de luz; também, à medida que a cabeça se aproximava do recife, um triângulo escuro que vinha cortando a água passou pela palmeira no píer. Era a patrulha noturna da lagoa, que ouvira, de alguma forma misteriosa, que um marinheiro bêbado estava causando problemas em suas águas.

Quem estivesse olhando esperaria ouvir, com a mão no coração, o grito do preso, mas ele não veio. O nadador, escalando exausto para o recife, evidentemente esquecido do objeto pelo qual havia retornado, dirigiu-se ao barril de rum e caiu ao lado do objeto como se fosse o sono que lhe tivesse tocado em vez da morte.

CAPÍTULO XX

O SONHADOR NO RECIFE

—Onde será que Paddy está? — resmungou Dick na manhã seguinte. Ele estava saindo do chaparral puxando um galho seco atrás de si. — Ele deixou o casaco na areia com a lata de fogo dentro, então vou acender o fogo. Não adianta esperar. Eu quero meu café da manhã. Que droga...

Ele pisou no graveto seco com os pés descalços, quebrando-o em pedaços.

Emmeline sentou-se na areia e o observou.

Emmeline tinha dois deuses: Paddy Button e Dick. Paddy era quase um deus esotérico envolto em fumaça de tabaco e mistério. O deus dos navios e mastros — os mastros e os vastos espaços de vela do *Northumberland* eram uma visão duradoura em sua mente —, a divindade que a conduzira de um pequeno barco para este lugar maravilhoso, onde os pássaros eram coloridos e os peixes, pintados, onde a vida nunca era monótona e o céu quase nunca ficava cinza.

Dick, a outra divindade, era um personagem muito mais compreensível, mas não menos admirável, como companheiro e protetor. Nos dois anos e cinco meses de vida na ilha, ele crescera quase sete centímetros. Era tão forte quanto um menino de 12 anos e podia remar o barco quase tão bem quanto o próprio Paddy, além de saber acender uma fogueira. De fato, nos últimos meses, o sr. Button, ocupado em descansar os ossos e considerando o rum como uma ideia abstrata, havia deixado a tarefa de cozinhar, pescar e buscar comida para Dick o máximo possível.

"A criatura se diverte fingindo que está fazendo coisas", diria ele enquanto observava Dick cavando a terra para fazer um pequeno forno, à moda da ilha, para cozinhar peixe ou qualquer outra coisa.

— Venha, Em — chamou Dick, empilhando a madeira quebrada em cima de alguns galhos de hibisco podres. — Me dê a lata de iscas.

Ele acendeu uma faísca num pedaço de madeira apodrecida, e então soprou, parecendo não muito diferente de Éolus, como representado naqueles velhos mapas holandeses que cheiram a rapé e mostram sereias e anjos em vez de paragens.

O fogo logo estava brilhando e crepitando, e ele empilhou em profusão os gravetos, pois havia bastante combustível, e ele queria cozinhar fruta-pão.

A fruta-pão varia de tamanho de acordo com a idade, e varia de cor de acordo com a estação. Essas que Dick estava preparando para cozinhar eram tão grandes quanto pequenos melões. Duas seriam mais do que suficientes para o café da manhã de três pessoas.

Eram verdes e nodosas por fora, e sugeriam à mente limões verdes, em vez de pão.

Ele as colocou nas brasas, assim como você coloca batatas para assar, e logo elas chiaram e cuspiram pequenos jatos venenosos de vapor, em seguida elas racharam, e a substância branca de seu interior tornou-se visível. Ele as cortou e tirou o caroço — que não é adequado para comer —, e então estavam prontas.

Enquanto isso, Emmeline, sob suas instruções, não ficou ociosa.

Havia na lagoa — há em várias outras lagoas tropicais que conheço — um peixe que só posso descrever como um arenque dourado. Parece um arenque de bronze quando fora d'água, mas, ao nadar contra o fundo de coral-cérebro e manchas de areia branca, tem o brilho de ouro polido. É tão bom de comer quanto de olhar, e Emmeline estava cuidadosamente tostando vários deles num pedaço de bambu.

O caldo do peixe impedia que o bambu carbonizasse, embora às vezes houvesse acidentes, quando um peixe inteiro ia parar no fogo, em meio a gritos de escárnio de Dick.

Ela era uma imagem bem bonita ajoelhada ali, a "saia" na cintura parecendo não muito diferente de uma toalha de banho listrada, seu pequeno rosto atento e preenchido com a seriedade do trabalho em mãos, seus lábios franzidos com o calor do fogo.

— Está tão quente! — gritou ela em legítima defesa após o primeiro dos acidentes.

— Claro que vai ser quente se você ficar a sotavento — disse Dick. — Quantas vezes Paddy lhe disse para ficar a barlavento!

— Não sei qual é qual — confessou a desafortunada Emmeline, que era um fracasso absoluto em tudo o que era prático: não sabia remar, pescar, nem atirar uma pedra, e, embora já estivessem na ilha havia 28 meses mais ou menos, não sabia nadar.

— Você quer dizer — falou Dick — que não sabe de onde vem o vento?

— Sim, isso eu sei.

— Bem, isso é barlavento.

— Disso eu não sabia.

— Bem, agora você sabe.

— Sim, agora eu sei.

— Bem, então venha a barlavento do fogo. Por que você não perguntou o significado antes?

— Eu perguntei — respondeu Emmeline. — Perguntei ao sr. Button um dia, e ele me falou muito a respeito disso. Disse que, se cuspisse a barlavento e uma pessoa ficasse a sotavento, seria uma tola; e disse que, se um navio fosse demais para sotavento, acabaria nas rochas, mas não entendi o que ele quis dizer. Dicky, onde será que ele está?

— Paddy! — gritou Dick, parando no ato de abrir uma fruta-pão. Ecos vinham do meio dos coqueiros, mas nada mais.

— Vamos — disse Dick. — Eu não vou esperar por ele. Paddy pode ter ido buscar as linhas de pesca noturnas — às vezes eles colocavam linhas assim na lagoa — e acabou pegando no sono sobre elas.

Embora Emmeline honrasse o sr. Button como uma divindade menor, Dick não tinha ilusões sobre o assunto. Ele admirava Paddy por saber dar nós, emendar, escalar um coqueiro e exercitar seu ofício de marinheiro de outras maneiras admiráveis, mas conhecia as limitações do velho. Deviam estar comendo batatas agora, mas eles tinham comido tantas batatas quanto era possível quando consumiram o conteúdo daquele meio saco. Jovem como era, Dick sentiu a absoluta falta de parcimônia desse procedimento. Emmeline, não; ela nunca pensava em batatas, embora pudesse dizer a cor de todos os pássaros da ilha.

Então, novamente, a casa precisava ser reconstruída, e o sr. Button dizia todos os dias que cuidaria dela amanhã, e amanhã seria no dia depois desse. As necessidades da vida que levavam eram um estímulo para a mente ousada e ativa do menino; mas ele estava sempre sendo controlado pelos métodos "faça quando quiser" do mais velho. Dick vinha das pessoas que fazem máquinas de costura e máquinas de escrever. O sr. Button vinha de um povo notável por cantigas, corações ternos e álcool produzido de batatas. Essa era a principal diferença.

— Paddy! — gritou o menino outra vez, depois de ter comido o quanto queria. — Olá! Onde você está?

Eles ouviram, mas não houve nenhuma resposta. Um pássaro de cores vivas voou pelo espaço de areia, um lagarto correu pela areia brilhante, o recife falou e o vento correu pela copa das árvores; mas o sr. Button não respondeu.

— Espere — disse Dick.

Ele correu pelo bosque em direção à figueira-de-bengala onde o bote estava atracado; então voltou.

— O bote está seguro — informou ele. — Onde diabos ele pode estar?

— Não sei — respondeu Emmeline, em cujo coração havia caído um sentimento de solidão.

— Vamos subir a colina — disse Dick. — Talvez o encontremos lá.

Subiram pela mata, passando pelo curso de água. De vez em quando, Dick gritava e ecos respondiam — havia ecos pitorescos e úmidos entre as árvores —, ou um bando de pássaros levantava voo. A pequena cachoeira borbulhava e sussurrava, e as grandes folhas de bananeira espalhavam sua sombra.

— Venha — disse Dick, quando voltou a chamar sem receber resposta.

Eles chegaram ao topo da colina, e a grande pedra estava projetando sua sombra ao sol. A brisa da manhã soprava, o mar resplandecia, o recife cintilava, a folhagem da ilha ondulava ao vento como as chamas de uma tocha verde. Uma onda profunda estava se espalhando pelo seio do Pacífico. Algum furacão além das ilhas Gilbert e de Samoa havia enviado essa mensagem e estava encontrando seu eco aqui, a mil milhas de distância, no trovão mais profundo do recife.

Em nenhum outro lugar do mundo você poderia obter tal imagem, uma combinação de esplendor e verão, uma visão de frescor e força e o prazer da manhã. Era a pequenez da ilha, talvez, que encerrava o encanto e o tornou perfeito. Apenas um punhado de folhagens e flores no meio do vento soprando e do azul-cintilante.

De repente, Dick, parado ao lado de Emmeline na rocha, apontou com o dedo para o recife perto da abertura.

— Ali está ele! — gritou.

CAPÍTULO XXI

A GUIRLANDA
DE FLORES

D ava muito bem para ver a figura deitada no recife perto do pequeno barril, confortavelmente protegida do sol por um pedaço de coral.

— Ele está dormindo — disse Dick.

Ele não havia pensado em olhar para o recife da praia, ou poderia ter visto a figura antes.

— Dicky! — exclamou Emmeline.

— Que foi?

— Como ele conseguiu, se você disse que o bote estava amarrado à árvore

— Sei lá — rebateu Dick, que não havia pensado nisso. — Lá está ele, de qualquer maneira.

Vou te dizer uma coisa, Em, vamos remar e acordá-lo. Vou gritar no ouvido dele e fazê-lo pular.

Eles desceram da rocha e voltaram pela floresta. Quando chegaram, Emmeline pegou flores e começou a fazer uma de suas guirlandas. Alguns hibiscos escarlates, alguns jacintos selvagens, um par de papoulas pálidas com caules peludos e perfume ocre.

— Para que você está fazendo isso? — perguntou Dick, que sempre via a confecção de guirlandas de Emmeline com uma mistura de compaixão e vago desgosto.

— Vou colocar na cabeça do sr. Button — disse Emmeline. — Então, quando você disser buuu no ouvido dele, ele vai pular com ela.

Dick riu de prazer com a ideia da brincadeira e, por um momento, quase admitiu para si mesmo que, afinal de contas, poderia haver algum uso para tais futilidades como guirlandas de flores.

O bote estava atracado à sombra da figueira-de-bengala, a corda amarrada a um dos galhos que se projetavam sobre a água. Essas figueiras-de-bengala anãs se ramificam de maneira extraordinária perto do chão, lançando galhos como trilhos. A árvore havia feito uma boa proteção para o barquinho, protegendo-o das mãos dos saqueadores e do sol; além da proteção da árvore, de vez em quando Paddy fazia o barco afundar em águas rasas. Era um barco novo para começar e, com precauções como essas, podia-se esperar que durasse muitos anos.

— Entra aí — orientou Dick, puxando a corda para que a proa do bote chegasse perto da praia.

Emmeline entrou com cuidado e foi para a popa. Então Dick entrou, empurrou e pegou os remos. No momento seguinte, eles estavam na água cintilante.

Dick remou cautelosamente, temendo acordar o dorminhoco. Prendeu o remo no espigão de coral que parecia colocado ali pela natureza para esse propósito. Ele subiu no recife e, deitado de bruços, aproximou a amurada do barco para que Emmeline pudesse saltar.

Ele não tinha botas; as solas de seus pés, de exposição constante, tornaram-se insensíveis como couro.

Emmeline também estava sem botas. As solas dos pés, como sempre acontece com pessoas muito ansiosas, eram sensíveis, e ela andava com delicadeza, evitando os piores lugares, segurando a coroa de flores na mão direita.

Era maré cheia, e o trovão das ondas lá fora sacudia o recife. Era como estar numa igreja quando os graves profundos do órgão estão a todo volume, sacudindo o chão e o ar, as paredes e o teto. Pingos de espuma vinham com o vento, e o melancólico "Oi, oi!" das gaivotas rodopiantes vinham como vozes de marinheiros fantasmagóricos puxando as adriças.

Paddy estava deitado do lado direito, mergulhado em profundo esquecimento. Seu rosto estava enterrado na dobra de seu braço direito, e sua mão esquerda tatuada de marrom estava em sua coxa esquerda, a palma para cima. Ele não tinha chapéu, e a brisa agitava seus cabelos grisalhos.

Dick e Emmeline se aproximaram dele até que chegaram bem do seu lado. Então Emmeline, dando uma gargalhada, jogou a pequena coroa de flores na cabeça do velho, e Dick, caindo de joelhos, gritou em seu ouvido. Mas o sonhador não se mexeu nem moveu sequer um único dedo.

— Paddy, acorde! Acorde! — gritou Dick.

Ele puxou o ombro até que a figura de lado virasse de costas. Os olhos estavam arregalados e fixos. A boca estava aberta, e da boca saiu um pequeno caranguejo; escorregou sobre o queixo e caiu sobre o coral.

Emmeline gritou e gritou, e teria caído, mas o garoto a pegou nos braços — um lado do rosto havia sido destruído pelas larvas das rochas.

Dick a segurou contra seu corpo enquanto olhava para a figura terrível deitada de costas, com as mãos estendidas. Então, louco de terror, ele a arrastou para o pequeno barco. Ela estava lutando, ofegante, como uma pessoa se afogando em água gelada.

Seu único instinto era escapar, voar — para qualquer lugar, não importa onde. Ele arrastou a garota para a beira do coral e puxou o barco para perto. Se o recife tivesse subitamente envolto em chamas, ele não poderia ter se esforçado mais para escapar dele e salvar sua companheira. Um momento depois, os dois estavam flutuando, e ele estava remando loucamente em direção à margem.

Ele não sabia o que havia acontecido, nem parou para pensar: estava fugindo do horror — o horror inominável; enquanto a criança a seus pés, com a cabeça apoiada na amurada, olhava de olhos abertos e sem fala para o grande céu azul, como se visse ali algum terror. O barco encalhou na areia branca, e a correnteza da maré o levou para o lado.

Emmeline caiu para a frente; ela havia perdido a consciência.

CAPÍTULO XXII

SOZINHOS

A ideia da vida espiritual deve ser inata no coração do homem, pois durante toda aquela noite terrível, quando as crianças estavam amontoadas na cabana no chaparral, o medo que as enchia era o de que seu velho amigo pudesse subitamente escurecer a entrada e se deitar ao lado deles.

Não falaram sobre ele. Algo havia sido feito com o velho marinheiro; algo havia acontecido. Algo terrível havia acontecido com o mundo que eles conheciam. Mas eles não ousaram falar sobre isso ou questionar um ao outro.

Depois de sair do bote, Dick havia carregado sua companheira para a cabana e se escondera com ela lá; a tarde tinha chegado, e a noite, e agora na escuridão, sem ter comida o dia todo, o garoto estava dizendo para a garota não ter medo, que ele cuidaria dela. Mas nem uma palavra sobre o que havia acontecido.

A situação, para eles, não tinha nenhum precedente, nem vocabulário. Eles haviam encontrado a morte crua e real, não amenizada pela religião, não maquiada pelos ditos sábios e poetas.

Eles nada sabiam da filosofia que nos diz que a morte é o destino comum, e a sequência natural do nascimento, ou da religião que nos ensina que a Morte é a porta para a Vida.

Um velho marinheiro morto deitado como uma carcaça purulenta numa saliência de coral, os olhos arregalados, vidrados e fixos, e uma boca escancarada da qual antes saíam palavras de conforto, mas da qual agora saíam caranguejos vivos.

Essa era a visão diante deles. Os dois não filosofaram sobre isso; e, embora estivessem cheios de terror, não acho que foi o terror que os impediu de tocar no assunto, mas uma vaga sensação de que o que viram era obsceno, indescritível e algo a ser evitado.

Lestrange os havia criado à sua maneira. Ele lhes dissera que havia um Deus bom que cuidava do mundo; determinado tanto quanto podia a excluir a demonologia, o pecado e a morte do conhecimento das crianças, ele se contentou com a afirmação descarada de que havia um Deus bom que cuidava do mundo, sem explicar completamente que o mesmo Deus os torturaria por toda a eternidade, caso deixassem de acreditar Nele ou de guardar Seus mandamentos.

Esse conhecimento do Todo-Poderoso, portanto, era apenas meio conhecimento, a mais vaga abstração. Se eles tivessem sido criados, no entanto, na escola mais estritamente calvinista, esse conhecimento Dele não teria sido nenhum conforto agora. A crença em Deus não é conforto para uma criança assustada. Ensine-lhe quantas orações de papagaio quiser e, na angústia ou na escuridão, que utilidade elas têm? Seu choro é por sua babá ou sua mãe.

Durante aquela noite terrível, essas duas crianças não tiveram nenhum conforto para buscar em nenhum lugar em todo o vasto universo, exceto uma na outra. Ela, no sentido de sua proteção; ele, no sentido de ser seu protetor. A masculinidade nele maior e mais bela do que a força física, desenvolvida naquelas horas escuras, assim como uma planta em circunstâncias extraordinárias é apressada a florescer.

Quando o amanhecer se aproximava, Emmeline adormeceu. Dick saiu furtivamente da cabana quando se assegurou, por sua respiração regular, de que ela estava dormindo e, afastando as gavinhas e os galhos dos abricós, encontrou a praia. A aurora começava a raiar e a brisa matinal vinha do mar.

Quando o garoto encalhou o bote no dia anterior, a maré estava na enchente e o deixou encalhado. A maré estava subindo agora, e em pouco tempo estaria suficientemente alta para empurrá-lo.

Durante a noite, Emmeline havia implorado a ele que a levasse embora. Que a levasse para algum lugar longe dali, e ele prometeu, sem ao menos saber como cumprir sua promessa. Enquanto ele olhava para a praia, tão desolada e estranhamente diferente agora do que era no dia anterior, uma ideia de como ele poderia cumprir sua promessa lhe ocorreu. Então correu até onde o bote estava nos bancos de areia, com as ondulações da maré subindo apenas lavando o leme, que ainda estava embarcado. Ele desmontou o leme e voltou.

Sob uma árvore, coberta com a vela do navio que trouxeram do *Shenandoah*, estava a maior parte de seus tesouros: roupas e botas velhas, e todas as outras bugigangas. O precioso fumo de rolo estava lá, e o estojo de costura com as agulhas e linhas. Um buraco foi cavado na areia como uma espécie de esconderijo para eles, e a vela foi colocada sobre ele para protegê-los do orvalho.

O sol estava agora olhando sobre a linha do mar, e os altos coqueiros cantavam e sussurravam juntos sob a brisa cada vez mais forte.

CAPÍTULO XXIII

ELES SE MUDAM

Dick começou a recolher as coisas e a levá-las para o bote. Pegou a vela e tudo que lhe pudesse ser útil; e, depois de guardá-los no barco, pegou a ancoreta e a encheu de água na fonte do bosque; recolheu algumas bananas e frutas-pão e guardou-as no bote com a ancoreta. Então encontrou os restos do café da manhã do dia anterior, que ele havia escondido entre duas folhas de palmeira, e os guardou também.

A maré estava agora tão alta que um forte empurrão faria o bote flutuar. Ele voltou para a cabana para ver Emmeline. A garota ainda dormia: estava tão profundamente adormecida, que, quando a levantou em seus braços, ela não fez nenhum movimento. Colocou-a cuidadosamente nos lençóis de popa com a cabeça enrolada na vela e depois, de pé na proa, empurrou com um remo. Então, pegando os remos, virou a proa do barco para a esquerda na lagoa. Manteve-se perto da costa, mas não pôde deixar de erguer os olhos e olhar para o recife.

Em torno de um certo ponto no coral branco distante havia uma grande comoção de pássaros. Algumas eram aves enormes e o grasnado delas cruzava a lagoa com a brisa enquanto brigavam e batiam no ar com as asas. Ele virou a cabeça até que uma curva da costa escondeu o local da vista.

Aqui, mais completamente abrigados do que em frente à quebra no recife, as árvores de sequoia vinham em alguns lugares até a beira da água; as árvores de fruta-pão lançavam sobre a água a sombra de suas grandes folhas recortadas; clareiras, repletas de samambaias, desertos de abricós e arbustos de "coqueiro selvagem" escarlate, todos deslizavam, enquanto o bote, abraçando a costa, subia a lagoa.

Olhando para a beira da praia, poderíamos imaginá-la como a beira de um lago, não fosse o trovão do Pacífico sobre o recife distante; e mesmo isso não destruía a impressão, apenas lhe dava uma estranheza.

Uma lagoa no meio do oceano, isso é o que a lagoa realmente era.

Aqui e ali, coqueiros se inclinavam sobre a água, espelhando seus delicados caules e traçando suas sombras nítidas no fundo arenoso, bem abaixo.

Dick manteve-se perto da costa por causa do abrigo das árvores. Seu objetivo era encontrar algum lugar onde pudessem permanecer de forma permanente e montar uma cabana. Ele estava procurando um novo lar, na verdade. Porém, por mais bonitas que fossem as clareiras pelas quais passavam, não eram lugares atraentes para se viver. Havia árvores demais, ou as samambaias eram profundas demais. Estava procurando ar e espaço, e de repente os encontrou.

Contornando um pequeno cabo, todo resplandecente com o escarlate do coco selvagem, o bote invadiu um novo mundo.

Diante deles havia uma grande extensão da água mais azul-clara varrida pelo vento, até a qual descia uma ampla relva verde, parecida com um parque, com arvoredos profundos de ambos os lados, e levando para cima e para fora, para terras mais altas, onde, acima do maciço e do verde imóvel das grandes árvores de fruta-pão, as palmeiras balançavam e esvoaçavam suas penas verde-claras na brisa. A cor pálida da água era devido à extrema profundidade da lagoa ali. Era tão rasa que se podiam ver espaços marrons indicando leitos de corais mortos e podres, e salpicos de safira mais escura onde estavam as piscinas mais fundas. O recife ficava a mais de oitocentos metros da costa: uma grande saída, parecia, tão distante que sua influência sinistra desaparecera, e dava-lhes a impressão de mar largo e ininterrupto.

Dick descansou nos remos e deixou o bote flutuar enquanto olhava ao redor. Ele tinha percorrido cerca de seis quilômetros e meio, e isso o levou à parte de trás da ilha. Quando o barco à deriva tocou a margem, Emmeline despertou de seu sono, sentou-se e olhou ao redor.

LIVRO II

PARTE I

CAPÍTULO I

SOB A SEQUOIA

Na beira da relva verde, entre um tronco de sequoia marcado de texturas e cores e o tronco maciço de uma fruta-pão, uma casa havia sido construída. Não era muito maior do que um grande galinheiro, mas era o suficiente para as necessidades de duas pessoas num clima de verão eterno. Era construída de bambus e coberta de palha dupla de folhas de palmeira, tão bem construída, e tão bem coberta de palha, que se poderia imaginar que era fruto da produção de vários operários qualificados.

A árvore de fruta-pão era estéril de frutas, como elas às vezes são, bosques inteiros delas deixando de produzir por algum motivo misterioso conhecido apenas pela Natureza. Estava verde agora, mas ao sofrer sua mudança anual as grandes folhas recortadas adquiriam todos os matizes imagináveis de dourado, bronze e âmbar. Além da sequoia havia uma pequena clareira, onde o chaparral fora cuidadosamente removido e as raízes de taro, plantadas.

Saindo da porta da casa para o gramado, você poderia até imaginar que estava em algum parque inglês, exceto pela natureza tropical da folhagem.

Olhando para a direita, a vista se perdia na floresta, onde todos os matizes de verde tingiam a folhagem, e os arbustos do coqueiro selvagem queimavam escarlates como mirtilos.

A casa tinha abertura, mas nenhuma porta. Pode-se dizer que tinha um telhado duplo, pois a folhagem da árvore de fruta-pão acima dava um bom abrigo durante as chuvas. Por dentro era bastante vazia. Samambaias secas e cheirosas cobriam o chão. Duas velas, enroladas, estavam de cada lado da porta. Havia uma prateleira tosca presa a uma das paredes e, nela, algumas tigelas feitas de casca de coco. Era evidente que as pessoas a quem pertencia o lugar não se incomodavam muito com sua presença, usando-a apenas à noite e como refúgio do orvalho.

Sentada na grama ao lado da porta, protegida pela sombra da árvore de fruta-pão, mas com os raios quentes do sol da tarde tocando seus pés descalços, estava uma menina. Uma garota de quinze ou dezesseis anos, nua, exceto por uma saia de tecido alegremente listrado que ia da cintura até os joelhos. Seu longo cabelo preto estava puxado para trás da testa e amarrado com um laço da trepadeira elástica. Uma flor escarlate estava presa atrás da orelha direita, como uma caneta de escriturário. Seu rosto era lindo, coberto de pequenas sardas; em especial sob os olhos, que eram de um azul-acinzentado profundo e tranquilo. Ela estava meio sentada, meio deitada do lado esquerdo; enquanto diante dela, bem perto, desfilava na grama um pássaro de plumagem azul, bico vermelho-coral e olhos brilhantes e vigilantes.

A garota era Emmeline Lestrange. Ao lado de seu cotovelo havia uma pequena tigela feita de meio coco e cheia de alguma substância branca com a qual ela estava alimentando o pássaro. Dick o havia encontrado na floresta dois anos antes, bem pequeno, abandonado pela mãe e faminto. Os dois o alimentaram e domesticaram, e agora era um membro da família; empoleirava-se no telhado à noite e aparecia regularmente na hora das refeições.

De repente, ela estendeu a mão; o pássaro voou no ar, pousou em seu dedo indicador e se equilibrou, afundando a cabeça entre os ombros e emitindo o som que formava todo o seu vocabulário e expressão vocal — um som do qual derivava seu nome.

— Koko, onde está o Dick? — indagou Emmeline.

O pássaro virou a cabeça, como se procurasse seu dono; e a garota deitou-se preguiçosamente na grama, rindo, e segurando-o no dedo, como se ele fosse uma joia esmaltada que ela desejasse admirar a pouca distância. Eram um belo quadro sob a sombra de caverna formada pelas folhas de fruta-pão; e era difícil entender como essa jovem, tão perfeitamente formada, tão desenvolvida e tão bonita, havia evoluído da simples Emmeline Lestrange. E a coisa toda, no que diz respeito à beleza dela, acontecera nos últimos seis meses.

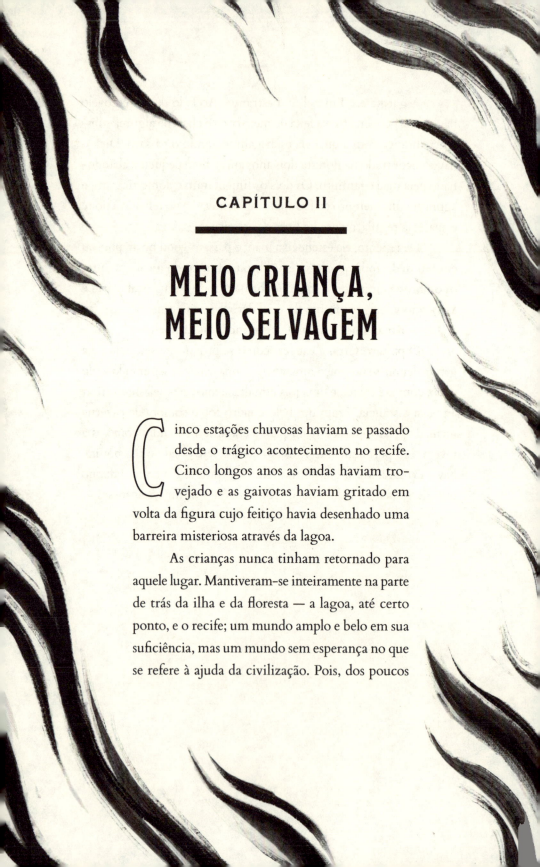

CAPÍTULO II

MEIO CRIANÇA, MEIO SELVAGEM

Cinco estações chuvosas haviam se passado desde o trágico acontecimento no recife. Cinco longos anos as ondas haviam trovejado e as gaivotas haviam gritado em volta da figura cujo feitiço havia desenhado uma barreira misteriosa através da lagoa.

As crianças nunca tinham retornado para aquele lugar. Mantiveram-se inteiramente na parte de trás da ilha e da floresta — a lagoa, até certo ponto, e o recife; um mundo amplo e belo em sua suficiência, mas um mundo sem esperança no que se refere à ajuda da civilização. Pois, dos poucos navios que aportaram na ilha ao longo dos anos, quantos explorariam a lagoa ou a mata? Talvez nenhum.

De vez em quando, Dick fazia uma excursão no bote até a casa antiga, mas Emmeline se recusava a acompanhá-lo. Ele ia, em especial, para buscar bananas; pois em toda a ilha havia apenas uma moita de bananeiras — aquela perto da fonte de água na floresta, onde foram encontrados o pequeno barril e as velhas caveiras verdes.

Ela nunca se recuperara completamente do que acontecera no recife. Algo havia sido mostrado a ela, cujo significado a garota entendia vagamente, e isso a encheu de horror e terror do lugar onde ocorreu. Dick era bem diferente. Ele ficara bastante assustado no início; mas a sensação se desvaneceu com o tempo.

Dick havia construído três casas consecutivas durante aqueles cinco anos. Ele havia plantado uma extensão de taro e outra de batata-doce. Conhecia todas as lagoas do recife por duas milhas em qualquer sentido, e as formas de seus habitantes; e, embora não soubesse o nome das criaturas que ali se encontravam, fez um profundo estudo de seus hábitos.

Ele tinha visto coisas surpreendentes durante esses cinco anos — desde uma luta entre uma baleia e dois tubarões-raposa que se desenrolara além do recife, com duração de uma hora, e tingindo com sangue as ondas que quebravam, até o envenenamento dos peixes na lagoa por água doce, devido a uma estação chuvosa extraordinariamente pesada.

Conhecia de cor os bosques da parte de trás da ilha e as formas de vida que os habitavam — borboletas, mariposas, pássaros, lagartos e insetos de formas estranhas; orquídeas extraordinárias — algumas de aparência suja, a própria imagem da corrupção, algumas belas e todas estranhas. Encontrou melões e goiabas, fruta-pão, a maçã vermelha do Taiti e a grande ameixa brasileira, inhame em abundância e uma dúzia de outras coisas boas — mas não havia bananas. Isso o deixava infeliz às vezes, pois ele era humano.

Embora Emmeline tivesse perguntado a Koko sobre o paradeiro de Dick, era apenas um comentário feito para puxar assunto, pois ela podia ouvi-lo no pequeno matagal que ficava ali perto, entre as árvores.

Em poucos minutos ele apareceu, arrastando atrás de si dois bambus que acabara de cortar e enxugando o suor da testa com o braço nu. Ele vestia uma calça velha — parte do baú tirado havia muito tempo do *Shenandoah* —, nada mais, e valia a pena olhar e considerar, tanto do ponto de vista físico quanto psicológico.

De cabelos ruivos e alto, mais parecendo ter dezessete do que dezesseis, com uma expressão inquieta e ousada, meio criança, meio homem, meio um ser civilizado, meio um ser selvagem, ele progrediu e retrocedeu durante os cinco anos de vida selvagem.

Dick se sentou ao lado de Emmeline, jogou as canas ao seu lado, experimentou a ponta da velha faca de açougueiro com a qual as havia cortado e, depois, passando uma delas por cima no joelho, começou a talhar.

— O que você está fazendo? — perguntou Emmeline, soltando o pássaro, que voou para um dos ramos da sequoia e ali pousou, um ponto azul em meio ao verde-escuro.

— Lança de pesca — respondeu Dick.

Sem ser taciturno, raramente desperdiçava palavras. A vida para ele se resumia a trabalho. Ele falava com Emmeline, mas sempre em frases curtas; e adquirira o hábito de falar com coisas inanimadas, com a lança de pesca que esculpia ou com a tigela que moldava a partir de um coco.

Quanto a Emmeline, mesmo quando criança, ela nunca fora de falar muito. Havia algo misterioso em sua personalidade, algo secreto. Sua mente parecia meio submersa no crepúsculo. Entretanto, embora falasse pouco, e embora o assunto de suas conversas fosse quase inteiramente material e relativo às suas necessidades cotidianas, sua mente vagava em campos abstratos e na terra de quimeras e sonhos. O que ela encontrava lá ninguém sabia — muito menos, talvez, ela mesma.

Quanto a Dick, às vezes ele falava e murmurava para si mesmo, como se estivesse num devaneio; mas, se você pegasse as palavras, descobriria que elas não se referiam a nenhuma abstração, mas a alguma ninharia que ele tinha à mão. Ele parecia totalmente preso ao momento, e dava a impressão de ter esquecido o passado tão completamente, como se nunca tivesse existido.

Ainda assim, ele tinha seus humores contemplativos. Ficava deitado com o rosto sobre uma poça da maré por uma hora, observando as estranhas formas de vida ali, ou sentava-se na floresta imóvel como uma pedra, observando os pássaros e os lagartos que deslizavam rapidamente. Os pássaros chegavam tão perto que ele poderia facilmente tê-los derrubado, mas nunca machucou um ou interferiu de alguma forma na vida selvagem da floresta.

A ilha, a lagoa e o recife eram para ele os três volumes de um grande livro ilustrado, como eram para Emmeline, embora de maneira diferente. A cor e a beleza de tudo aquilo alimentavam algum desejo misterioso em sua alma. Sua vida era um longo devaneio, uma bela visão — perturbada por sombras. Através de todos os espaços azuis e coloridos que significavam meses e anos, ela ainda podia ver vagamente, como num espelho, o *Northumberland*, fumegando contra o fundo selvagem de neblina; o rosto de seu tio, Boston — uma imagem vaga e escura além de uma tempestade —, e, de forma mais latente, a forma trágica no recife ainda assombravam terrivelmente seus sonhos. Mas ela nunca falava dessas coisas com Dick. Assim como guardara o segredo do que havia em sua caixa, e o segredo de seus problemas sempre que a perdia, guardava também o segredo de seus sentimentos sobre essas coisas.

Nascido dessas situações, permanecia sempre com ela um vago terror: o pavor de perder Dick. A sra. Stannard, seu tio, as pessoas sombrias que ela conhecera em Boston, todos haviam desaparecido de sua vida como um sonho e sombras. O outro também, mais terrivelmente. E se o mesmo acontecesse com Dick?

Esse problema assombroso estava com ela há muito tempo; até alguns meses atrás, era principalmente pessoal e egoísta — o pavor de ser deixada sozinha. Mas ultimamente havia se alterado e se tornado mais agudo. Dick havia mudado aos olhos dela, e o medo agora era dele. Sua própria personalidade se fundiu repentina e estranhamente com a dele. A ideia da vida sem Dick era impensável, mas o problema permanecia, uma ameaça no azul.

Em alguns dias era pior do que em outros. Hoje, por exemplo, estava pior do que ontem, como se algum perigo tivesse se aproximado deles durante a noite. No entanto, o céu e o mar permaneciam imaculados, o sol brilhava nas árvores e nas flores, o vento oeste trazia a melodia do recife distante como uma canção de ninar. Não havia nada que indicasse perigo ou necessidade de desconfiança.

Por fim, Dick terminou sua lança e se levantou.

— Aonde você vai? — perguntou Emmeline.

— Ao recife — respondeu ele. — A maré está baixando.

— Eu vou com você — disse ela.

Ele entrou na casa e guardou a preciosa faca. Então saiu de novo, lança em uma das mãos e meia braça de cipó na outra. O cipó era para amarrar o peixe, caso a pesca fosse grande. Ele liderou o caminho pela relva até a lagoa, onde estava o bote, perto da margem e atracado a um poste fincado no solo macio. Emmeline entrou e, pegando os remos, ele empurrou. A maré estava baixando.

Eu disse que o recife aqui fica bem longe da costa. A lagoa era tão rasa que na maré baixa dava para atravessar quase a pé, não fossem os buracos aqui e ali — armadilhas de três metros — e grandes leitos de coral podre, nos quais se afundaria como no mato, para não falar na rede de coral que pica como uma cama de urtigas. Havia também outros perigos. As águas rasas tropicais são cheias de surpresas selvagens no que diz respeito aos modos de vida — e morte.

Dick há muito tempo havia marcado em sua memória as águas da lagoa, e era uma sorte que ele tivesse esse senso de localização especial, que é o principal suporte do caçador e do selvagem, pois, pela disposição do coral, como se fossem costelas, a água da borda da costa até o recife corria em raias. Apenas duas dessas pistas davam um caminho claro e justo da beira da costa até o recife; se você tivesse seguido os outros, mesmo num barco de casco tão raso como o bote, teria encalhado no meio do caminho, a menos que, de fato, fosse maré alta.

A meio caminho, o som das ondas na barreira tornou-se mais alto, e o grito eterno e monótono das gaivotas veio junto com a brisa. Era solitário ali e, olhando para trás, a praia parecia muito distante. Era mais solitário ainda no recife.

Dick amarrou o barco a uma projeção de coral e ajudou Emmeline a descer. O sol estava descendo a oeste, a maré estava quase na metade e grandes piscinas naturais brilhavam como escudos polidos à luz do sol. Dick, com sua preciosa lança ao seu lado, sentou-se com calma numa borda de coral e começou a se despir de sua única roupa.

Emmeline virou a cabeça e contemplou a costa distante, que parecia três vezes mais longe do que era de fato. Quando voltou a virar a cabeça, ele estava correndo ao longo da borda da rebentação. Dick e sua lança em silhueta contra a espuma esvoaçante formavam uma imagem bastante selvagem, e bem de acordo com a desolação geral do ambiente que o cercava. Ela o viu deitar-se e agarrar-se a um pedaço de coral, enquanto a rebentação corria em volta e sobre ele, e então se levantava e se sacudia como um cachorro, e perseguia seus movimentos, seu corpo todo brilhando com a umidade.

Às vezes, um grito vinha na brisa, misturado com o som das ondas e o grito das gaivotas, e ela o via mergulhar a lança numa das piscinas, e no momento seguinte a lança era erguida com algo lutando e brilhando em sua ponta.

Ele era bem diferente aqui no recife do que em terra. O ambiente aqui parecia desenvolver tudo o que havia de selvagem nele, de uma maneira surpreendente; e ele mataria, e mataria apenas pelo prazer de matar, destruindo mais peixes do que eles poderiam comer.

CAPÍTULO III

O DEMÔNIO DO RECIFE

O romance a respeito do coral ainda precisa ser escrito. Ainda existe uma ideia generalizada de que o recife de coral e a ilha de coral são obras de um "inseto". Esse inseto fabuloso, credenciado com o gênio de Brunel e a paciência de Jó, foi apresentado com bastante humor às crianças de muitas gerações como um exemplo de trabalhador — uma coisa a ser admirada, um modelo a ser seguido.

Na verdade, nada poderia ser mais preguiçoso ou lento, mais entregue a uma vida de facilidade e degeneração, do que o "polipífero construtor de recifes" — para dar-lhe seu nome científico. Ele é o vagabundo do mundo animal, mas, ao contrário do vagabundo, nem vive mendigando como forma de vida. Ele existe como um verme lento e gelatinoso; atrai para si os elementos calcários da água para fazer uma casa — observe, o mar faz a construção —, mas então ele morre e deixa a casa para trás — e uma reputação de trabalhador, ao lado da qual a reputação da formiga empalidece e a da abelha torna-se de pouca importância.

Em um recife de corais, você está pisando nas rochas que os polipíferos construtores de recifes de eras passadas deixaram para trás como evidências de suas vidas ociosas e, aparentemente, inúteis. Você pode até imaginar que o recife é formado de rocha morta, mas não é: é aí que entra a maravilha da coisa — um recife de coral está meio vivo. Do contrário, não resistiria nem dez anos à ação do mar. A parte viva do recife é exatamente onde as ondas entram e vão além. Se expostos ao sol ou se deixados descobertos pela água, os gelatinosos polipíferos construtores de recife morrem quase de imediato.

Às vezes, na maré muito baixa, se você tiver coragem suficiente para arriscar ser varrido pelas ondas, indo o mais longe possível no recife, é possível vislumbrá-los em seu estado de vida — grandes montes e massas do que parece ser rocha, mas que é uma colmeia de corais, cujas células estão preenchidas com os polipíferos vivos. Aqueles nas células mais altas geralmente estão mortos, porém os mais abaixo estão vivos.

Sempre morrendo, sempre sendo renovado, devorado pelos peixes, atacado pelo mar — essa é a vida de um recife de coral. É uma coisa tão viva quanto um repolho ou uma árvore. Cada tempestade arranca um pedaço do recife, o qual o coral vivo substitui; nele ocorrem feridas que, na verdade, granulam e cicatrizam como as feridas do corpo humano.

Não há nada, talvez, mais misterioso na natureza do que esse fato quanto à existência de uma terra viva: uma terra que se repara, quando ferida, por processos vitais, e resiste ao eterno ataque do mar pela força vital, ainda mais quando pensamos na extensão de algumas dessas ilhas lagunares ou atóis, cuja existência é uma eterna batalha com as ondas.

Ao contrário da ilha desta história (que é cercada por uma barreira de corais que circunda um espaço de mar — a lagoa), o recife forma a ilha. O recife pode ser coberto por árvores, pode ser perfeitamente destituído de vegetação importante, ou pode ser incrustado de ilhotas. Algumas ilhotas podem existir dentro da lagoa, mas muitas vezes é apenas uma grande lagoa vazia coberta de areia e coral, povoada com vida diferente da encontrada no oceano exterior, protegida das ondas e refletindo o céu como um espelho.

Quando lembramos que o atol é uma coisa viva, um todo orgânico, tão cheio de vida embora não tão altamente organizado, como uma tartaruga, a mais mesquinha imaginação deve ser atingida pela imensidão de uma das estruturas.

O atol de Vliegen, no Baixo Arquipélago, medido de margem a margem da lagoa, tem, em sua parte mais larga, sessenta milhas de comprimento por vinte de largura. No arquipélago Marshall, Rimsky Korsacoff tem 54 milhas de comprimento e vinte de largura; e Rimsky Korsacoff é uma coisa viva, secretando, excretando e crescendo — mais altamente organizada do que os coqueiros que crescem em suas costas, ou as flores que pulverizam as árvores de tabebuia em seus bosques.

A história do coral é a história de um mundo, e o capítulo mais longo dessa história diz respeito à infinita variedade e formas do coral.

Na margem do recife onde Dick pescava com a lança, você poderia ter visto um líquen com coloração de flor de pêssego na rocha. Esse líquen era uma forma de coral. Coral crescendo sobre coral e, nas piscinas à beira da rebentação, também havia corais ramificados dessa mesma coloração.

A menos de cem metros de onde Emmeline estava sentada, as piscinas continham corais das mais variadas cores, do vermelho ao branco puro, e na lagoa atrás dela — corais das formas mais pitorescas e estranhas.

Dick havia pescado vários peixes e os tinha deixado sobre o recife para serem apanhados mais tarde. Cansado de matar, agora estava vagando, examinando os vários seres vivos que encontrava.

Lesmas-do-mar enormes habitavam o recife, tão grandes quanto pastinacas e mais ou menos da mesma forma; eram uma espécie de pepino-do-mar. Água-viva em forma de globo do tamanho de laranjas, grandes conchas de choco achatados, brilhantes e brancos, dentes de tubarão, espinhos de seres do filo echinoidea; às vezes um peixe-papagaio morto, com o estômago distendido com pedaços de coral dos quais se alimentava; caranguejos, ouriços-do-mar, algas marinhas de cores e formas estranhas; estrelas-do-mar, algumas pequeninas e da cor da pimenta caiena, outras enormes e pálidas. Essas e milhares de outras coisas, belas ou estranhas, eram encontradas no recife.

Dick havia largado sua lança e estava explorando uma piscina profunda que parecia uma banheira. Ele tinha afundado até os joelhos, e estava no ato de avançar ainda mais quando foi subitamente agarrado pelo pé. Era como se seu tornozelo, do nada, tivesse sido preso num nó e a corda, esticada. Ele gritou de dor e terror, e de repente e violentamente uma chicotada disparou da água, amarrou-o em volta do joelho esquerdo, esticou-se e segurou-o.

CAPÍTULO IV

O QUE A BELEZA ESCONDE

Emmeline, sentada na rocha de coral, quase se esqueceu de Dick por um momento. O sol estava se pondo, e a luz âmbar quente do pôr do sol brilhava sobre o recife e na poça da maré. Exatamente ao pôr do sol e à maré baixa, o recife tinha um fascínio peculiar por ela. Havia o cheiro da maré baixa, de algas marinhas expostas ao ar, e o tormento e os problemas das ondas pareciam amenizados. Diante dela, e de ambos os lados, o coral pontilhado de espuma brilhava em âmbar e ouro, e o grande Pacífico entrava vidrado e reluzente, mudo e pacífico, até alcançar a praia e explodir em canções e borrifos.

Aqui, tal como no cume do outro lado da ilha, marcava-se o ritmo das ondas. "Para sempre, e para sempre — para sempre e para sempre", elas pareciam dizer.

Os gritos das gaivotas vinham misturados com os borrifos da brisa. Eles assombravam o recife como espíritos inquietos, sempre reclamando, nunca parando; mas ao pôr do sol seu grito parecia mais distante e menos melancólico, talvez porque naquele momento todo o mundo insular parecesse banhado no espírito da paz.

Ela se virou da perspectiva do mar e olhou para trás, sobre a lagoa, para a ilha. Conseguia distinguir a ampla clareira verde ao lado da casinha deles, e uma mancha amarela, que era a palha da casa, perto da sequoia, e quase escondida pela sombra da árvore de fruta-pão. Sobre os bosques, as folhas dos grandes coqueiros apareciam acima de todas as outras árvores em silhueta contra o azul-escuro e turvo do céu oriental.

Visto pela luz encantada do pôr do sol, todo o quadro tinha um aspecto irreal, mais encantador que um sonho. Ao amanhecer — e Dick muitas vezes partia para o recife antes mesmo do amanhecer, se a maré estivesse boa —, o quadro era igualmente bonito; mais ainda, talvez, porque sobre a ilha, tudo na sombra, e contra as estrelas, você veria a copa das palmeiras parecendo incendiadas, e então a luz do dia vindo através das árvores verdes e do céu azul, como um espírito, através da lagoa azul, alargando-se e fortalecendo-se à medida que se expandia, através da espuma branca, sobre o mar, estendendo-se como um leque, até que, de repente, a noite se fazia dia, e as gaivotas gritavam e as ondas reluziam, o vento da aurora soprava e as palmeiras se curvavam, como só as palmeiras sabem fazer. Emmeline sempre se imaginou sozinha na ilha com Dick, mas a beleza também estava lá, e a beleza é uma grande companheira.

A garota estava contemplando a cena diante de si. A natureza em seu humor mais amigável parecia dizer: "Estou aqui! Os homens me chamam de cruel; os homens me chamaram de enganosa, até mesmo de traiçoeira. Eu... bem! minha resposta é: Eu estou aqui!".

A garota estava contemplando a beleza ilusória de tudo aquilo, quando, na brisa do mar, veio um grito. Ela se virou no mesmo instante. Lá estava Dick até os joelhos numa poça de maré a cerca de cem metros de distância, imóvel, com os braços erguidos e gritando por socorro. Ela se levantou com um salto.

Antigamente havia uma ilhota nessa parte do recife, uma coisinha minúscula, consistindo em algumas palmeiras e num punhado de vegetação, a qual foi destruída, talvez, por alguma grande tempestade. Menciono isso porque a existência dessa ilhota era uma vez o meio, indiretamente, de salvar a vida de Dick; pois onde essas ilhotas estiveram ou estão, ocorrem "planos" no recife formado por conglomerados de coral.

Emmeline nunca poderia tê-lo alcançado a tempo com seus pés descalços sobre um coral áspero, mas, felizmente, essa superfície plana e comparativamente lisa estava entre eles.

— Minha lança! — gritou Dick, enquanto ela se aproximava.

A princípio ele parecia emaranhado em espinheiros; então ela pensou que as cordas estavam se enrolando em volta dele e amarrando-o a alguma coisa na água — e, independentemente do que fosse, era muito horrível, hediondo e como um pesadelo. Ela correu com a velocidade de Atalanta até a rocha onde a lança estava pousada, toda vermelha por conta do sangue do peixe recém-abatido, a uns trinta centímetros da ponta.

Ao se aproximar de Dick com a lança na mão, ela viu, ofegante de terror, que as cordas estavam vivas e que tremulavam e ondulavam sobre as costas dele. Uma delas prendia seu braço esquerdo ao seu lado, mas seu braço direito estava livre.

— Rápido! — gritou ele.

Em um segundo, a lança estava em sua mão livre, e Emmeline se ajoelhou e, aterrorizada, ficou olhando para a água da piscina de onde as cordas saíam. Ela estava, apesar de seu pavor, bastante preparada para se jogar e lutar com a coisa, pouco se importando com qual poderia ser o resultado.

O que ela viu foi apenas por um segundo. Na água funda da piscina, olhando para cima, para a frente e diretamente para Dick, ela viu um rosto, lúgubre e terrível. Os olhos estavam arregalados como pires, pedregosos e firmes; um bico grande e pesado, parecido com o de um papagaio, pendia diante dos olhos, e trabalhava e balançava, e parecia acenar. Mas o que congelava o coração de qualquer um era a expressão dos olhos, tão pétreos e lúgubres, tão desapaixonados, tão desprovidos de especulação, mas tão cheios de propósito e determinação.

Ele tinha vindo de muito longe com a maré enchente. Estava se alimentando de caranguejos, quando as águas, traindo-o, baixaram e o deixaram preso na poça de maré. Ele havia dormido, talvez, e acordado para encontrar um ser, nu e indefeso, invadindo sua piscina. Ele era bem pequeno, como são os polvos, e jovem, mas ainda assim era grande e poderoso o suficiente para ter afogado um boi.

O polvo só foi descrito uma vez, em pedra, por um artista japonês. A estátua ainda existe e é a mais terrível obra-prima de escultura já executada por mãos humanas. Representa um homem que estava tomando banho numa praia de maré baixa e foi pego. O homem grita num delírio de terror e ameaça com o braço livre o espectro que o domina. Os olhos do polvo estão fixos no homem — olhos sem paixão e lúgubres, mas firmes e fixos.

Outra chicotada saiu da água numa chuva de respingos e agarrou Dick pela coxa esquerda. No mesmo instante, ele enfiou a ponta da lança no olho direito do monstro, afundando-a no olho e na carcaça gelatinosa e macia, até que a ponta da lança bateu e se estilhaçou contra a rocha. No mesmo instante, a água ao redor ficou preta como tinta, os tentáculos que o prendiam relaxaram e Dick ficou livre.

Emmeline levantou-se e puxou-o, soluçando e agarrando-se a ele, beijando-o. Ele a apertou com o braço esquerdo ao redor de seu corpo, como se para protegê-la, mas foi uma ação mecânica. Não estava pensando nela. Enlouquecido de raiva e soltando gritos roucos, ele mergulhou a lança quebrada uma e outra vez nas profundezas da piscina, procurando destruir por completo o inimigo que tão recentemente o tinha em suas garras. Então, pouco a pouco, voltou a si, enxugou a testa e olhou para a lança quebrada em sua mão.

— Monstro — disse. — Você viu os olhos dele? Você viu os olhos dele? Eu queria que tivesse cem olhos, e que eu tivesse cem lanças para enfiar neles!

Emmeline estava agarrada a ele, soluçando, rindo de forma histérica e elogiando-o. Alguém poderia pensar que ele a havia resgatado da morte, e não o contrário.

O sol quase desapareceu, e ele a levou de volta para onde o bote estava atracado, resgatando e vestindo suas calças no caminho. Ele pegou os peixes mortos que havia pescado; e, enquanto remava de volta pela lagoa, Dick falava e ria, contando os incidentes da luta, reclamando toda a glória para si próprio e parecendo ignorar o papel importante que Emmeline havia desempenhado.

Isso não era por insensibilidade ou falta de gratidão, apenas pelo fato de que nos últimos cinco anos ele tinha sido tudo em sua pequena comunidade — o mestre imperial. E ele teria pensado em agradecer a ela por lhe entregar a lança tanto quanto pensaria em agradecer à sua mão direita por cravá-la. Emmeline estava bastante contente, não buscava nem agradecimentos nem elogios. Tudo o que tinha vinha dele: ela era sua sombra e sua serva. Ele era seu sol.

Dick repassou a luta de novo e de novo antes que os dois se deitassem para descansar, dizendo a ela que tinha feito isso e aquilo, e o que faria com o próximo monstro do tipo. A reiteração era bastante cansativa, ou teria sido para um ouvinte de fora, mas para Emmeline era melhor do que Homero. As mentes humanas não melhoram no sentido intelectual quando estão isoladas do mundo, embora vivam a vida natural e feliz dos selvagens.

Então Dick se deitou nas samambaias secas e se cobriu com um pedaço da flanela listrada que eles usavam como cobertor, e ele roncava e tagarelava no sono como um cachorro perseguindo uma caça imaginária, e Emmeline estava deitada ao lado dele, acordada e pensativa. Um novo terror entrara em sua vida. Tinha visto a morte pela segunda vez, mas daquela vez ativa e em curso.

CAPÍTULO V

O SOM
DE UM TAMBOR

No dia seguinte, Dick estava sentado à sombra da sequoia. Ele tinha a caixa de anzóis ao seu lado e estava dobrando uma linha num deles. No começo, havia algumas dúzias de ganchos, grandes e pequenos, na caixa; restavam agora apenas seis — quatro pequenos e dois grandes. Era um grande que ele estava prendendo na linha, pois pretendia ir amanhã ao velho lugar para buscar algumas bananas, e no caminho tentar pescar um peixe nas partes mais profundas da lagoa.

Era fim de tarde, e o calor havia sumido do dia. Emmeline, sentada na grama em frente a ele, estava segurando a ponta da linha, enquanto Dick tirava as torções, quando de repente ela levantou a cabeça.

Não havia um sopro de vento sequer; o silêncio da ressaca distante vinha através do tempo azul — o único som que se ouvia, de vez em quando, era um movimento e um esvoaçar do pássaro empoleirado nos galhos da sequoia. De repente, outro som se misturou com a voz das ondas — um som fraco e latejante, como o bater de um tambor distante.

— Ouça! — disse Emmeline.

Dick parou seu trabalho por um momento. Todos os sons da ilha eram familiares: isso era algo muito estranho.

Fraco e distante, ora rápido, ora lento; vindo de onde, quem poderia dizer? Às vezes, parecia vir do mar; às vezes, se a fantasia do ouvinte se voltasse naquela direção, parecia vir da mata. Enquanto ouviam, um suspiro veio de cima; a brisa da tarde tinha subido e se movia nas folhas da sequoia. Assim como você pode limpar uma imagem de uma lousa, a brisa baniu o som. Dick continuou com seu trabalho.

Na manhã seguinte, ele embarcou no bote. Pegou o anzol e a linha, e um pouco de peixe cru como isca. Emmeline o ajudou a empurrar, e ficou na margem acenando com a mão enquanto ele contornava a pequena capa coberta com coco selvagem.

Essas expedições de Dick eram uma de suas tristezas. Ficar sozinha era assustador; mas ela nunca reclamou. Estava vivendo num paraíso, mas algo lhe dizia que, por trás de todo aquele sol, de todo aquele esplendor do mar e do céu azul, por trás das flores e das folhas, por trás de toda aquela aparência ilusória e afetada de felicidade na natureza, espreitavam uma carranca e o dragão do azar.

Dick remou por cerca de uma milha, depois despachou seus remos e deixou o bote flutuar. A água ali era muito profunda; tão profunda que, apesar de sua clareza, o fundo era invisível; a luz do sol sobre o recife o atravessava na diagonal, enchendo-o de brilhos.

O pescador pôs a isca no anzol, um pedaço da barriga de um peixe-papagaio, e abaixou-o para fora da vista; em seguida, amarrou a linha num pino de madeira e, sentado no fundo do barco, inclinou a cabeça para o lado e olhou profundamente para a água. Às vezes, não havia nada para ver, apenas o azul profundo. Então, um cardume de peixes de cabeça pontuda e brilhante como lantejoulas cruzaria a linha de visão e desapareceria, perseguido por uma forma que parecia uma barra de ouro em movimento. Então um grande peixe se materializava e pairava na sombra do barco imóvel como se fosse uma pedra, exceto pelo movimento de suas guelras; no momento seguinte, com um giro da cauda, desapareceria.

De repente, o bote encalhou, e poderia ter virado, mas isso não aconteceu pelo fato de que Dick estava sentado do lado oposto ao qual a linha estava pendurada. Então o barco endireitou; a linha afrouxou e a superfície da lagoa, a algumas braças de distância, ferveu como se estivesse sendo agitada, por baixo, por um grande bastão de prata. Ele tinha fisgado uma albacora. Amarrou a ponta da linha de pesca a um dos remos do barco, soltou a linha do pino de madeira e atirou o barco ao mar.

Dick fez tudo isso com uma rapidez maravilhosa, enquanto a linha ainda estava frouxa. No momento seguinte, o remo corria sobre a superfície da lagoa, ora em direção ao recife, ora em direção à margem, ora plano, ora na vertical. Então era puxado inteiramente para baixo da superfície; desaparecia por um momento e depois reaparecia. Era uma coisa assombrosa de se ver, pois o remo parecia vivo — cruelmente vivo e imbuído de algum propósito destrutivo; como, de fato, era. O mais venenoso dos seres vivos e o mais inteligente não poderiam ter lutado melhor contra o grande peixe.

A albacora faria uma corrida frenética pela lagoa, esperando, talvez, encontrar em mar aberto uma libertação de seu inimigo. Então, meio retardada pelo puxão do remo, ela parava, disparava de um lado para o outro, perplexa, e então dava uma corrida igualmente frenética pela lagoa, para ser freada da mesma maneira. Buscando as profundezas, afundaria o remo algumas braças; e uma vez buscou o ar, saltando para a luz do sol como um crescente de prata, enquanto seu respingo ao cair ecoava entre as árvores que margeavam a lagoa. Uma hora se passou antes que o grande peixe mostrasse sinais de enfraquecimento.

A luta acontecera muito perto da costa, mas agora o remo nadou para o largo lençol de água iluminado pelo sol e lentamente começou a descrever grandes círculos ondulando o azul pacífico em ondas cintilantes. Era uma visão melancólica, pois o grande peixe havia feito uma boa luta, e podia-se vê-lo, através dos olhos da imaginação, abatido, meio submerso, atordoado e se movendo em círculos, como fazem todos os atordoados.

Dick, usando o remo remanescente na popa do barco, remou e agarrou o remo flutuante, trazendo-o a bordo. Pé a pé, puxou sua presa em direção ao barco até que a longa e brilhante linha ficasse vagamente à vista.

A luta foi ouvida por quilômetros através da água da lagoa por todos os tipos de coisa que nadavam. O senhor do lugar a tinha ouvido. Uma barbatana escura ondulava a água; e quando Dick, puxando sua corda, içou sua presa para mais perto, uma monstruosa sombra cinzenta manchou as profundezas, e a faixa brilhante que era a albacora desapareceu como se estivesse envolta numa nuvem. A linha ficou frouxa e Dick puxou a cabeça da albacora. Ela havia sido separada do corpo como se com uma enorme tesoura. A sombra cinzenta passou pelo barco, e Dick, tomado pela raiva, gritou e sacudiu o punho para ela; depois, agarrando a cabeça da albacora, de onde havia tirado o anzol, atirou-o contra o monstro na água.

O grande tubarão, com um movimento da cauda que fez a água girar e o bote balançar, virou de costas e engoliu a cabeça; então afundou lentamente e desapareceu, como se tivesse sido dissolvido. Pelo visto, ele tinha levado a melhor nesse primeiro encontro.

CAPÍTULO VI

VELAS AO MAR

Dick guardou o anzol e pegou os remos. Afinal, tinha uma remada de três milhas à sua frente, e a maré estava subindo, o que não tornava nada mais fácil. Enquanto remava, falava e resmungava consigo mesmo. Estava resmungando havia algum tempo: a causa principal, Emmeline.

Nos últimos meses ela havia mudado; até seu rosto havia mudado. Uma nova pessoa tinha chegado à ilha, parecia-lhe, e tomara o lugar da Emmeline que ele conhecia desde a mais tenra infância. Essa parecia diferente. Ele não sabia que ela tinha ficado linda, só que estava diferente; também tinha desenvolvido novos hábitos que o desagradavam — ela saía e tomava banho sozinha, por exemplo.

Até mais ou menos seis meses antes, ele estivera bastante satisfeito; dormindo e comendo, procurando comida e cozinhando, construindo e reconstruindo a casa, explorando a floresta e o recife. Mas ultimamente um espírito de inquietação se apoderou dele; não sabia exatamente o que queria. Tinha uma vaga sensação de que queria ir embora do lugar onde estava; não da ilha, mas do lugar onde armaram a tenda, ou melhor, construíram sua casa.

Pode ter sido o espírito da civilização clamando nele, contando-lhe tudo o que estava perdendo. Falando das cidades, das ruas, das casas, dos negócios, da luta pelo ouro, da busca do poder. Pode ter sido simplesmente o homem nele clamando por Amor, sem saber ainda que o Amor estava ao seu lado.

O bote deslizou ao longo da costa, passando pelas pequenas clareiras de samambaias e a penumbra do chaparral de fruta-pão; então, contornando um promontório, abriu-se a visão da fenda no recife. Um pouco do fio branco era visível, mas Dick não estava olhando para aquele lado — estava olhando para o recife, num ponto minúsculo e escuro, não perceptível a menos que fosse procurado. Sempre que vinha nessas expedições, aqui mesmo, ele se pendurava nos remos e olhava para lá, onde as gaivotas voavam e as ondas trovejavam.

Há alguns anos, o local o enchia de pavor e curiosidade, mas com a familiaridade e com o embotamento que o tempo lança acima de tudo, o pavor quase se desvaneceu, mas a curiosidade permaneceu: a curiosidade que faz uma criança olhar para a matança de um animal mesmo que sua alma se revolte com isso. Ele olhou por um tempo, depois continuou remando, e o bote se aproximou da praia.

Alguma coisa tinha acontecido ali. A areia estava toda pisoteada e, aqui e ali, manchada de vermelho; no centro jaziam os restos de uma grande fogueira ainda latente, e exatamente onde a água batia na areia havia dois sulcos profundos como se dois barcos pesados tivessem aportado ali. Um homem do Mar do Sul teria dito, pelo formato dos sulcos e pelas pequenas marcas dos estabilizadores, que duas canoas pesadas haviam encalhado ali. E haviam de fato.

No dia anterior, no início da tarde, duas canoas, possivelmente daquela ilha longínqua que manchava o horizonte a sul-sudoeste, haviam entrado na lagoa, uma atrás da outra.

O que aconteceu então é melhor ficar velado. Um tambor de guerra com pele de cabeça de tubarão havia feito a floresta palpitar; a vitória foi celebrada a noite toda, e ao amanhecer os vencedores guarneciam as duas canoas e zarpavam para a casa, ou o inferno, de onde tinham vindo. Se você tivesse examinado a praia, teria descoberto que uma linha havia sido traçada nela, além da qual não havia pegadas: isso significava que o resto da ilha era por algum motivo tabu.

Dick puxou o nariz do barco um pouco para cima na praia, então olhou em volta. Pegou uma lança quebrada que havia sido jogada fora ou esquecida; era feita de alguma madeira dura e farpada com ferro. Do lado direito da praia havia algo entre os coqueiros. Ele se aproximou; era uma massa de miúdos; as entranhas de uma dúzia de ovelhas pareciam lançadas ali, formando um monte, mas não havia ovelhas na ilha, e as ovelhas em geral não são transportadas em canoas de guerra.

A areia da praia era eloquente. Um pé perseguindo e um pé perseguido; o joelho do caído, depois a testa e as mãos estendidas; o calcanhar do chefe que matou seu inimigo, espancou o corpo, abriu um buraco através do qual ele colocou a cabeça, e que definitivamente cobriu seu inimigo como um manto; a cabeça do homem arrastada nas costas para ser abatida como uma ovelha — essas eram as coisas que a areia contava.

Até onde os rastros de areia podiam falar, a história da batalha ainda estava sendo contada; foram-se os gritos e os berros, o choque de porretes e lanças, mas o fantasma da luta permanecia.

Se a areia pode conter tais vestígios e contar tais histórias, quem poderá dizer que o éter plástico foi destituído da história da luta e da carnificina?

Seja como for, Dick, olhando ao redor, teve a sensação arrepiante de ter acabado de escapar do perigo. Fosse lá quem tenha sido, tinha ido embora — podia dizer isso pelos rastros da canoa. Saíra para o mar ou subira o trecho à direita da lagoa. Era importante determinar isso.

Ele subiu ao topo da colina e percorreu o mar com os olhos. Lá, longe a sudoeste, longe no mar, podia distinguir as velas marrons de duas canoas. Havia algo indescritivelmente triste e solitário em sua aparência; pareciam folhas murchas — mariposas marrons lançadas ao mar —, relíquias do outono. Então, lembrando a praia, essas coisas ficaram carregadas dos pensamentos mais sinistros para a mente do espectador. Elas estavam correndo para longe, tendo feito seu trabalho. O fato de parecerem solitárias, velhas e tristes, e como folhas murchas sopradas pelo mar, só aumentava o horror.

Dick nunca tinha visto canoas antes, mas sabia que essas coisas eram algum tipo de embarcação que levava pessoas, e que as pessoas haviam deixado todos aqueles rastros na praia. Quanto do horror da coisa foi revelado à sua inteligência subconsciente, quem pode dizer?

Ele havia escalado a pedra e agora estava sentado com os joelhos dobrados e as mãos entrelaçadas em volta deles. Sempre que vinha para esse lado da ilha, algo de natureza fatal ou sinistra acontecia. Da última vez quase perdera o bote; ele havia encalhado de tal maneira que a maré estava prestes a roubá-lo e varrê-lo da lagoa para o mar, quando então Dick voltou carregado com suas bananas e, correndo para a água, chegando até a cintura, salvou-o. Numa outra vez ele caiu de uma árvore e por um milagre escapou da morte. Outra vez, um furacão explodiu, lançando neve à lagoa e fazendo os cocos saltarem e voarem como bolas de tênis pela praia. Daquela vez ele tinha acabado de escapar de algo, que não sabia exatamente o que era. Era quase como se a Providência lhe dissesse: "Não venha aqui."

Ele observou as velas marrons enquanto elas diminuíam no azul soprado pelo vento, então desceu do topo da colina e cortou suas bananas. Ele cortou quatro grandes cachos, o que o levou a fazer duas viagens até o barco. Quando as bananas foram arrumadas, ele empurrou.

Por muito tempo, uma grande curiosidade estava puxando as cordas do seu coração: uma curiosidade da qual se envergonhava vagamente. O medo lhe dera à luz, e o medo ainda se agarrava a ela. Era, talvez, o elemento do medo e o terrível prazer de ousar o desconhecido que o fez ceder a isso.

Dick tinha remado cerca de cem metros quando virou a cabeça do barco e foi para o recife. Fazia mais de cinco anos desde aquele dia em que remara pela lagoa, Emmeline sentada na popa, com a coroa de flores na mão. Poderia ter sido ontem, pois tudo parecia igual. As ondas estrondosas e as gaivotas voando, a luz do sol ofuscante e o cheiro salgado e fresco do mar. A palmeira na entrada da lagoa ainda se curvava, olhando para a água, e em volta da saliência de coral onde ele havia atracado o barco ainda havia um fragmento da corda que cortara na pressa de escapar.

Navios haviam entrado na lagoa, talvez, naqueles cinco anos, mas ninguém notara nada no recife, pois apenas do topo da colina se podia ter uma visão completa do que havia lá, e mesmo assim apenas se os olhos soubessem o que procurar. Da praia era visível apenas um pontinho. Poderia ter sido, talvez, alguns destroços velhos lançados ali por uma onda em alguma grande tempestade. Um pedaço de destroço velho que tivesse ficado à deriva por anos e, por fim, encontrado um lugar de descanso.

Dick amarrou o barco e pisou no recife. A maré estava alta como antes; a brisa soprava forte e uma fragata sobrevoava, negra como o ébano, com o bico vermelho-sangue, o vento fechando-lhe as asas. Ele circulou no ar e gritou com ferocidade, como se estivesse ressentido com a presença do intruso, então foi embora, deixou-se levar, por assim dizer, através da lagoa, girou, circulou e mergulhou no mar.

Dick se aproximou do lugar que conhecia, e lá estava o barril pequeno e velho todo deformado pelo sol forte; as aduelas estavam separadas, e os arcos estavam enferrujados e quebrados, e tudo o que continha em termos de bebida e fraternidade havia muito se esvaíra.

Ao lado do barril jazia um esqueleto, em volta do qual havia alguns trapos de pano. O crânio havia caído para um lado, e o maxilar inferior havia se soltado do crânio; os ossos das mãos e dos pés ainda estavam articulados, e as costelas não tinham se soltado. Estava todo esbranquiçado, e o sol brilhava nele tão indiferente quanto no coral, essa concha e estrutura que um dia foram um homem. Não havia nada de terrível nisso, mas um mundo inteiro de maravilhas.

Para Dick, que não fora tomado pela ideia da morte, que não aprendera a associá-la a sepulturas e funerais, tristeza, eternidade e inferno, a coisa falava como nunca poderia ter falado comigo ou com você.

Olhando para o esqueleto, as coisas se ligaram em sua mente: os esqueletos de pássaros que ele havia encontrado na floresta, os peixes que havia matado, até mesmo árvores mortas e apodrecidas — até mesmo as cascas de caranguejos.

Se você tivesse lhe perguntado o que havia diante dele, e se ele pudesse expressar o pensamento em sua mente, teria respondido: "mudança".

Toda a filosofia do mundo não poderia ter dito a ele mais do que Dick sabia sobre a morte — ele, que nem sabia o nome dela.

Ficou fascinado com a maravilha e o milagre da coisa e os pensamentos que de repente encheram sua mente como uma multidão de espectros para os quais uma porta acabava de se abrir.

Assim como uma criança, por uma lógica incontestável, sabe que o fogo que a queimou uma vez vai queimá-la novamente, ou vai queimar outra pessoa, ele sabia que algum dia teria aquela forma que via à sua frente — e Emmeline também.

Então veio a vaga pergunta que não nasce do cérebro, mas sim do coração, e que é a base de todas as religiões — para onde irei então? Sua mente não era de natureza introspectiva, e a pergunta apenas se desviou e desapareceu. E ainda a maravilha da coisa o prendia. Estava, pela primeira vez em sua vida, num devaneio; o cadáver que o havia chocado e aterrorizado cinco anos antes lançara em sua mente, com seus dedos mortos, sementes de pensamento, e o esqueleto as trouxera à maturidade. O fato absoluto da morte universal apareceu de repente diante dele, que o reconheceu.

Ele ficou imóvel por um longo tempo e, então, com um suspiro profundo, virou-se para o barco e partiu sem olhar para trás, para o recife. Atravessou a lagoa e remou lentamente para casa, mantendo-se o máximo possível ao abrigo das sombras das árvores.

Mesmo olhando para ele da margem, dava para notar uma diferença. O selvagem rema sua canoa, ou seu barco, alerta, olhando em volta, em contato com a natureza em todos os pontos; embora seja preguiçoso como um gato e durma metade do dia, quando acordado é todo olhos e ouvidos — uma criatura que reage à menor impressão externa.

Dick, enquanto remava de volta, não olhava ao redor: estava pensando ou relembrando. O selvagem nele tinha sido posto em xeque. Ao virar no pequeno cabo onde ficava o coqueiro, olhou por cima do ombro. Uma figura estava parada na relva à beira da água. Era Emmeline.

CAPÍTULO VII

A ESCUNA

Levaram as bananas até a casa e as penduraram num dos galhos da sequoia. Então Dick, de joelhos, acendeu o fogo para preparar o jantar. Quando acabou, desceu até onde o barco estava atracado e voltou com algo na mão. Era a lança com a ponta de ferro — ou melhor, os dois pedaços dela. Ele nada disse do que tinha visto para a garota.

Emmeline estava sentada na grama; tinha sobre si uma longa tira do tecido de flanela, usada como um lenço, e tinha outro pedaço na mão, no qual estava fazendo a bainha. O pássaro saltitava, bicando uma banana que tinham lhe atirado; uma leve brisa fazia a sombra das folhas da sequoia dançar sobre a grama e as folhas serrilhadas da fruta-pão tamborilarem umas nas outras com o som das gotas de chuva caindo sobre o vidro.

— Onde você conseguiu isso? — perguntou Emmeline, olhando para o pedaço da lança que Dick havia jogado ao lado dela ao entrar em casa para pegar a faca.

— Lá na praia — respondeu ele, tomando seu assento e examinando os dois fragmentos para ver como poderia juntá-los.

Emmeline olhou para as peças, juntando-as em sua mente. Não gostou da aparência da coisa: tão perspicaz e selvagem, e manchada de escuro a pouco mais de trinta centímetros da ponta.

— Pessoas estiveram lá — revelou Dick, juntando as duas peças e examinando a fratura de forma crítica.

— Onde?

— Lá. Isso estava largado na areia, que estava toda pisoteada.

— Dick, quem eram essas pessoas?

— Eu não sei. Subi a colina e vi os barcos delas indo embora... bem longe. Isso estava largado na areia.

— Dick, você se lembra do barulho de ontem?

— Lembro.

— Eu o ouvi no meio da noite.

— Quando?

— Na noite antes de a lua ir embora.

— Eram eles — disse Dick.

— Dick!

— O quê?

— Quem eram eles?

— Eu não sei — respondeu ele.

— Era de noite, antes que a lua fosse embora, e o som continuou batendo nas árvores. Achei que estivesse dormindo, e então soube que estava acordada; você estava dormindo, e eu te sacudi para ouvir, mas você não conseguia acordar, dormia um sono pesado; então a lua se foi, e o barulho continuou. Como eles faziam o barulho?

— Não sei — respondeu Dick —, mas eram eles; e deixaram isso na areia, e a areia estava toda pisoteada, e vi seus barcos da colina, bem longe.

— Pensei ter ouvido vozes — disse Emmeline —, mas não tinha certeza.

Ela caiu em meditação, observando seu companheiro trabalhando na coisa selvagem e de aparência sinistra em suas mãos. Dick estava juntando os dois pedaços com uma tira do tecido marrom semelhante a um pano, a qual se enrola em volta dos talos das folhas do coqueiro. A coisa parecia ter sido arremessada ali do nada por alguma mão invisível.

Depois de juntar as partes com maravilhosa destreza, ele pegou a coisa bem perto da ponta e começou a enfiá-la na terra macia para limpá-la; depois, com um pouco de flanela, poliu-a até brilhar. Sentiu um grande prazer nisso. Era inútil como lança de peixe, porque não tinha gancho, mas era uma arma. Era inútil como arma, porque não havia nenhum inimigo na ilha contra quem usá-la; ainda assim, era uma arma.

Quando terminou de esfregar, levantou-se, ajeitou as calças velhas, apertou o cinto de tecido de coco que Emmeline havia lhe feito, entrou em casa, pegou sua lança de peixe e partiu para o barco, chamando Emmeline para segui-lo. Atravessaram até o recife, onde, como de costume, ele se despiu.

Era estranho que ali ele andasse completamente nu, mas na ilha sempre usasse alguma cobertura. Mas talvez não fosse tão estranho assim, afinal.

O mar é um grande purificador, tanto da mente quanto do corpo; diante daquele grande espírito doce as pessoas não pensam da mesma maneira que no meio da ilha. Que mulher apareceria numa cidade ou numa estrada rural, ou mesmo tomando banho de rio, como aparece tomando banho de mar?

Algum instinto fazia Dick se cobrir na praia e se despir no recife. Em um minuto, ele estava na beira da rebentação, lança na mão e a de pesca na outra.

Emmeline, junto a uma pequena piscina cujo fundo estava coberto de corais ramificados, sentou-se olhando para suas profundezas, perdida num devaneio como aqueles em que caímos ao contemplar formas no fogo. Estava sentada assim havia algum tempo quando um grito de Dick a despertou. Ela começou a se levantar e olhou para onde ele estava apontando. Uma coisa incrível estava lá.

A leste, contornando a curva do recife, e a pouco mais de um quarto de milha dele, vinha uma grande escuna de gávea; era uma bela visão, curvando-se à brisa a cada movimento da vela, e a espuma branca como uma pena contra o casco de sua popa.

Dick, com a lança na mão, estava parado olhando a embarcação; havia largado a lança de pesca e estava tão imóvel como se tivesse sido esculpido em pedra. Emmeline correu para ele e ficou ao seu lado; nenhum deles disse uma palavra enquanto o navio se aproximava.

Agora estava tão perto que tudo era visível, desde as pontas da grande vela mestra, luminosas com a luz do sol e brancas como as asas de uma gaivota, até a amurada dos baluartes. Uma multidão de homens pairava sobre os baluartes do porto, contemplando a ilha e as figuras no recife. Escurecidos pelo sol e pela brisa do mar, os cabelos de Emmeline ao vento e a ponta da lança de Dick brilhando ao sol, eles pareciam um par perfeito de selvagens, vistos do convés da escuna.

— Eles estão indo embora — comentou Emmeline, com um longo suspiro de alívio.

Dick não respondeu; olhou para a escuna por mais um momento em silêncio, então, tendo certeza de que ela estava longe da terra, começou a correr de um lado para outro, gritando de modo descontrolado e acenando para a embarcação como se para chamá-la de volta.

Um momento depois veio um som na brisa, uma saraivada fraca; uma bandeira foi hasteada até o cume e mergulhada como em escárnio, e o navio continuou seu curso.

Na verdade, ela estivera a ponto de mudar de direção. Por um momento, seu capitão ficou indeciso se as formas no recife eram de náufragos ou selvagens. Mas a lança na mão de Dick fez sua opinião se inclinar a favor da teoria dos selvagens.

CAPÍTULO VIII

O AMOR ENTRA EM CENA

Dois pássaros estavam pousados nos galhos da sequoia: Koko havia encontrado o amor. Eles construíram um ninho com fibras retiradas dos talos das folhas de coqueiro, pedaços de pau e fios de grama — qualquer coisa, na verdade; até as fibras de palha de palmeira da casa abaixo. Os furtos dos pássaros, a construção de ninhos, que incidentes encantadores são no grande episódio da primavera!

O espinheiro nunca florescia ali, o clima era de verão eterno, mas o espírito de maio chegou, assim como chegava ao campo inglês ou à floresta alemã. As atividades nos ramos da sequoia interessaram muito a Emmeline.

O ato de fazer amor e a construção do ninho eram conduzidos da maneira usual, de acordo com as regras estabelecidas pela Natureza e realizadas por homens e pássaros. Todos os tipos de sons pitorescos vinham sendo filtrados pelas folhas do galho onde os amantes cor de safira estavam pousados lado a lado, ou da forquilha onde o ninho estava começando a se formar: cantos e cacarejos, sons de flerte, sons de uma briga, seguida pelos sons que diziam que a briga tinha acabado. Às vezes, depois de uma dessas brigas, uma ou duas penas felpudas azul-claras vinham flutuando em direção a terra, tocavam as folhas de palmeira do telhado da casa e se agarravam ali, ou eram sopradas na grama.

Haviam se passado alguns dias do aparecimento da escuna, e Dick se preparava para entrar na mata e colher goiabas. Durante toda a manhã ele estivera empenhado em fazer uma cesta para carregá-las. Na civilização, a julgar por seu talento mecânico, talvez fosse engenheiro, construindo pontes e navios, em vez de cestos de folhas de palmeira e casas de bambu — quem sabe se ele teria sido mais feliz?

O calor do meio-dia havia passado, quando, com a cesta pendurada no ombro num pedaço de bambu, ele partiu para a mata, seguido por Emmeline. O lugar para onde iam sempre a enchia de um vago pavor; por muito tempo ela não teria ido lá sozinha. Dick o havia descoberto numa de suas andanças.

Entraram na mata e passaram por um pequeno poço, um poço sem fonte ou saída aparente e um fundo de areia branca e fina. Como a areia se formara ali, seria impossível dizer; mas lá estava, e ao redor da margem cresciam samambaias redobrando-se na superfície da água cristalina. Eles deixaram isso à direita e chegaram ao coração da floresta. O calor do meio-dia ainda espreitava ali; o caminho estava livre, pois havia uma espécie de caminho entre as árvores, como se, em tempos muito antigos, houvesse uma estrada.

Do outro lado do caminho, meio perdidos na sombra, meio iluminados pelo sol, os cipós penduravam suas cordas. Ali estava a árvore tabebuia, com seu pó de flores delicadas, mostrando sua beleza perdida ao sol; na sombra, o hibisco escarlate queimava como uma chama. Sequoias e árvores de fruta-pão e coqueiros margeavam o caminho.

À medida que avançavam, as árvores ficavam mais densas e o caminho, mais obscuro. De repente, fazendo uma curva fechada, o caminho terminava num vale coberto de samambaias. Esse era o lugar que sempre enchia Emmeline com um pavor indefinido. Um dos lados fora todo construído em socalcos com enormes blocos de pedra — tão grandes, que era impressionante como os antigos construtores os haviam colocado em seus lugares.

As árvores cresciam ao longo dos socalcos, enfiando suas raízes entre os espaços entre os blocos. Em sua base, ligeiramente inclinada para a frente, como se afundada pelos anos, havia uma grande figura de pedra esculpida de modo grosseiro, com pelo menos dez metros de altura — de aparência misteriosa, o próprio espírito do lugar. Essa figura e os socalcos, o próprio vale e as próprias árvores que ali cresciam inspiravam em Emmeline uma grande curiosidade e também um leve medo.

Pessoas estiveram ali um dia; às vezes ela podia imaginar que via sombras escuras movendo-se entre as árvores, e o sussurro da folhagem vez por outra parecia-lhe esconder vozes, assim como sua sombra ocultava formas. Era realmente um lugar estranho para ficar sozinho, mesmo sob a luz do dia. Por todo o Pacífico, por milhares de quilômetros, você encontra espalhadas pelas ilhas relíquias do passado, como essas.

Esses lugares templários são quase todos iguais: grandes socalcos de pedra, estátuas maciças, desolação coberta de folhagem. Eles sugerem uma religião e uma época em que o espaço marítimo do Pacífico era um continente que, afundando pouco a pouco ao longo dos tempos, deixou apenas suas terras mais altas e cumes visíveis na forma de ilhas. Ao redor desses lugares, os bosques são mais densos que em outros, sugerindo que ali, no passado, havia bosques sagrados. As estátuas são imensas, seus rostos são vagos; as tempestades, os sóis e as chuvas dos séculos lançaram um véu sobre eles. A esfinge é compreensível e um brinquedo comparado a essas coisas, algumas das quais têm uma estatura de quinze metros, cuja criação é velada em mistério absoluto — os deuses de um povo perdido para sempre.

"Homem de pedra" foi o nome que Emmeline deu à estátua ali no vale; e às vezes à noite, quando seus pensamentos iam para longe, ela o imaginava parado sozinho ao luar, ou até imaginava a luz das estrelas olhando diretamente para ele.

Ele parecia estar sempre ouvindo; inconscientemente, se começava a ouvir também, e então o vale parecia mergulhado num silêncio sobrenatural. Não era bom ficar a sós com ele.

Em meio a seus medos, Emmeline sentou-se em sua base. Quando havia alguém por perto, ele perdia a sugestão de vida, e era simplesmente uma grande pedra que lançava sua sombra ao sol.

Dick também se jogou no chão para descansar. Depois, levantou-se e partiu entre as goiabeiras, colhendo as frutas e enchendo sua cesta. Desde que tinha visto a escuna, os homens brancos em seus conveses, seus grandes mastros e velas, e a aparência geral de liberdade, velocidade e aventura desconhecidas, ele estava mais triste e inquieto que o normal. Talvez em sua mente Dick tenha conectado a escuna com a visão distante do *Northumberland*, e com a ideia de outros lugares e terras, e o desejo de mudança que essa ideia inspirava.

Então voltou com a cesta cheia de frutas maduras, deu algumas para a garota e sentou-se ao seu lado. Quando Emmeline terminou de comer, pegou o bambu que ele usava para carregar a cesta e o segurou nas mãos. Ela a estava dobrando em forma de arco quando o bambu escorregou, voou e atingiu seu companheiro com um golpe forte na lateral do rosto.

Quase no mesmo instante, ele se virou e lhe deu um tapa no ombro. Emmeline o olhou por um momento com espanto perturbado, e um soluço se formou em sua garganta. Então algum véu pareceu ser levantado, alguma varinha de mago estendida, algum frasco misterioso quebrado. Quando ela o olhou assim, Dick de repente e com ferocidade a apertou em seus braços. Agarrou-a assim por um momento, atordoado, estupefato, sem saber o que fazer com ela. Então os lábios dela lhe disseram o que fazer, pois encontraram os dele num beijo sem fim.

CAPÍTULO IX

O SONO DO PARAÍSO

A lua surgiu naquela noite e disparou suas flechas de prata na casa sob a árvore, que estava vazia. Então a lua atravessou o mar e o recife.

Ela acendeu a lagoa em seu coração escuro e penumbroso. Iluminou os corais, os espaços de areia e os peixes, projetando suas sombras na areia e no coral. O guardião da lagoa levantou-se para cumprimentá-la, e sua barbatana partiu seu reflexo na superfície, espelhada em mil ondulações brilhantes. Além disso, a lua viu as costelas brancas da figura no recife. Então, espiando por cima das árvores, olhou para o vale, onde a grande estátua de pedra mantinha sua vigília solitária por, talvez, cinco mil anos, ou mais.

Em sua base, sob sua sombra, como se estivessem sob sua proteção, jaziam dois seres humanos, nus, abraçados e adormecidos em profundeza. Dificilmente se poderia ter pena de sua vigília, se ela tivesse sido marcada algumas vezes ao longo dos anos por um acontecimento como esse. A coisa havia sido conduzida exatamente como os pássaros conduzem seus casos amorosos. Um caso absolutamente natural, irrepreensível e sem pecado.

Foi um casamento segundo a Natureza, sem festa nem convidados, consumado com cinismo acidental sob a sombra de uma religião morta há muitos anos.

Os dois estavam tão felizes em sua ignorância, que só sabiam que de repente a vida havia mudado, que os céus e o mar estavam mais azuis e que, de alguma forma mágica, eles se tornaram parte um do outro. Os pássaros na árvore acima eram igualmente felizes em sua ignorância, e em seu amor.

PARTE II

CAPÍTULO X

LUA DE MEL NA ILHA

Um dia Dick subiu na árvore acima da casa e, empurrando Madame Koko para fora do ninho onde ela estava sentada, deu uma espiadinha. Havia vários ovos verde-claros lá dentro. Não os perturbou, em vez disso tornou a descer, e a ave voltou a sentar-se como se nada tivesse acontecido. Tal ocorrência teria aterrorizado um pássaro acostumado aos modos dos homens, mas ali os pássaros eram tão destemidos e tão cheios de confiança que muitas vezes seguiam Emmeline floresta adentro, voando de galho em galho, espiando-a através das folhas, pousando bem perto dela — de vez em quando até em seu ombro.

Os dias passaram. Dick havia perdido sua inquietação: seu desejo de vagar havia desaparecido. Ele não tinha motivos para vagar; talvez fosse por isso. Em toda a vasta terra ele não poderia encontrar nada mais desejável do que o que tinha.

Agora, em vez de encontrar um selvagem seminu e sua companheira que o seguia como um cão, você encontraria um casal de amantes vagando no recife. Eles tentaram, de maneira patética, enfeitar a casa com uma trepadeira azul florida tirada da madeira e colocada sobre a entrada.

Emmeline, até esse momento, basicamente cozinhava sozinha. Agora, Dick sempre a ajudava. Ele não falava mais com ela em frases curtas lançadas como se para um cachorro; e ela, quase perdendo a estranha reserva a que se aferrava desde a infância, meio que lhe mostrava sua mente. Era uma mente curiosa: a mente de um sonhador, quase a mente de um poeta. Lá moravam os Cluricaunes e vagas formas nascidas de coisas de que ouvira falar ou com as quais sonhara: pensava no mar e nas estrelas, nas flores e nos pássaros.

Dick a ouvia falar, como um homem pode ouvir o som de um riacho. Sua mente prática não podia compartilhar os sonhos de sua outra metade, mas a conversa dela o agradava.

Ele ficava olhando para ela por um longo tempo, absorto em pensamentos. Estava admirando-a.

O cabelo dela, preto-azulado e brilhante, o prendia em suas mechas; ele o acariciava com os olhos, por assim dizer, e depois a puxava para perto e enterrava o rosto em seus fios; o cheiro deles era inebriante. Dick o respirou como se respira o perfume de uma rosa.

As orelhas de Emmeline eram pequenas e pareciam conchinhas brancas. Dick pegava uma entre o indicador e o polegar e brincava com ela como se fosse um brinquedo, puxando o lóbulo ou tentando achatar a parte curva. Seus seios, seus ombros, seus joelhos, seus pezinhos, cada pedacinho dela, ele examinava, brincava e beijava. Ela se deitava e o deixava tocá-la, parecendo absorta em algum pensamento distante, do qual ele era o objeto. E então, de repente, seus braços o envolviam. Tudo isso acontecia em plena luz do dia, sob a sombra das folhas da sequoia, sem ninguém para observar, exceto os pássaros de olhos brilhantes nas folhas acima.

Mas nem todo o tempo deles era gasto dessa maneira. Dick estava igualmente interessado no peixe. Ele cavara com uma pá — improvisada de uma das tábuas do bote — um espaço de terra macia perto do canteiro de taro e plantara as sementes de melão que havia encontrado na floresta; ele também refez a casa. Os dois estavam, em suma, tão ocupados quanto poderiam estar naquele clima, mas a vontade de fazer amor lhes vinha de supetão, e então tudo mais era esquecido. Assim como alguém revisita algum lugar para renovar a recordação de uma experiência dolorosa ou agradável recebida ali, eles voltavam ao vale da estátua e passavam uma tarde inteira à sua sombra. Era inexplicável a felicidade absoluta de vagar juntos pela floresta, descobrir novas flores, se perder e então encontrar o caminho novamente.

Dick de repente tinha se deparado com o amor. O galanteio, que tinha durado apenas uns vinte minutos, estava sendo refeito e, agora, estendido.

Um dia, ouvindo um barulho curioso vindo da árvore acima da casa, subiu nela. O barulho vinha do ninho, que havia sido deixado temporariamente pela mãe pássaro. Era um som ofegante, e vinha de quatro bicos bem abertos, tão ansiosos para serem alimentados que quase se podia ver o interior dos donos. Eles eram filhos de Koko. Dali a um ano, cada uma dessas coisas feias e felpudas seria, se lhes fosse permitido viver, um lindo pássaro cor de safira com algumas penas de cauda branco-acinzentadas, bico coral e olhos brilhantes e inteligentes. Alguns dias atrás, cada uma dessas coisas estava aprisionada num ovo verde-pálido. Um mês antes, não estavam em lugar nenhum.

Alguma coisa atingiu Dick na bochecha. Era a mãe pássaro que voltava com comida para os filhotes. Dick afastou a cabeça para o lado, e ela prosseguiu sem mais delongas para encher aquelas barriguinhas.

CAPÍTULO XI

O DESAPARECIMENTO DE EMMELINE

Meses se passaram. Apenas um pássaro permanecia nos galhos da sequoia: os filhos e a companheira de Koko haviam desaparecido, mas ele continuava lá. As folhas da árvore de fruta-pão tinham mudado de verde para ouro-pálido e âmbar mais escuro, e agora as novas folhas verdes estavam sendo apresentadas à primavera.

Dick tinha um mapa completo da lagoa na cabeça e conhecia todas as águas e os melhores locais de pesca, a localização do coral pungente e os lugares onde se podia atravessar na maré baixa. Certa manhã, estava juntando suas coisas para uma expedição de pesca. O lugar para onde ele ia ficava a uns três quilômetros de distância, do outro lado da ilha, e como a estrada era ruim, ia sozinho.

Emmeline estava passando um novo fio pelas contas do colar que às vezes usava. O tal colar tinha uma história. Nos baixios não muito distantes, Dick havia encontrado um leito de mariscos; vadeando na maré baixa, havia levado alguns deles para examinar. Eram ostras. A primeira que abriu tinha uma aparência tão repugnante que poderia ter sido a última, só que, sob aquela coisa gosmenta, havia uma pérola. Era cerca de duas vezes o tamanho de uma ervilha grande, e tão brilhante que mesmo ele não podia deixar de admirar sua beleza, embora sem nenhuma consciência de seu valor.

Então Dick jogou as ostras fechadas no chão e levou a pérola para Emmeline. No dia seguinte, voltando por acaso ao mesmo local, encontrou mortas e abertas ao sol todas as ostras que havia derrubado. Ele as examinou e encontrou outra pérola incrustada numa delas. Então, pegou um punhado de ostras e as deixou morrer e abrir. Ocorreu-lhe a ideia de fazer um colar para sua companheira. Ela tinha um de conchas, e Dick pretendia lhe fazer um de pérolas.

Demorou muito, mas era algo para se fazer. Ele as perfurou com uma agulha grande e, ao fim de quatro meses, mais ou menos, estava terminado. Grandes pérolas, a maioria delas brancas, pretas e rosa, algumas perfeitamente redondas, algumas em formato de lágrima, algumas irregulares. A coisa valia quinze mil libras, ou talvez vinte, pois ele usara apenas as maiores que encontrara, descartando como inúteis as pequenas.

Naquela manhã, Emmeline tinha acabado de amarrá-las num fio duplo. Ela parecia pálida e não muito bem e tinha estado inquieta a noite toda.

Quando ele saiu, armado com sua lança e seu equipamento de pesca, ela acenou sem se levantar. Normalmente o seguia um pouco na floresta quando ele estava indo embora assim, mas naquela manhã apenas sentou-se na porta da casinha, o colar no colo, seguindo-o com os olhos até que ele sumiu entre as árvores.

Dick não tinha bússola para guiá-lo, nem precisava de uma. Conhecia a floresta de cor. A misteriosa linha além da qual dificilmente se encontrava uma sequoia. A longa faixa de abricós — uma camada regular deles com cem metros de largura, e indo do meio da ilha até a lagoa. As clareiras, algumas quase circulares onde as samambaias cresciam até os joelhos. Então ele chegou à parte ruim.

A vegetação ali tinha explodido num motim. Todos os tipos de grandes caules de plantas desconhecidas barravam o caminho e prendiam o pé; e havia lugares pantanosos em que se afundava terrivelmente. Parando para enxugar a testa, os talos e as gavinhas que alguém havia derrubado, ou deixado de lado, se ergueram e se fecharam, tornando-se um prisioneiro quase tão cercado quanto uma mosca no âmbar.

Todo o calor do meio-dia que já caíra sobre a ilha parecia ter deixado um pouco de si para trás aqui. O ar era úmido e abafado como o de uma lavanderia; e o zumbido triste e perpétuo dos insetos preenchia o silêncio sem destruí-lo.

Uma centena de homens com foices poderiam abrir uma estrada naquele lugar hoje; um ou dois meses depois, procurando a estrada, não encontrariam nenhuma — a vegetação teria se fechado como a água se fecha quando dividida.

Aquele era o refúgio da orquídea-jarro — um verdadeiro jarro, com tampa e tudo. Levantando a tampa, você encontraria o jarro meio cheio de água. Às vezes, no emaranhado lá em cima, entre duas árvores, dava para ver um pássaro se debatendo. As orquídeas cresciam ali como numa estufa. Todas as árvores — as poucas que existiam — tinham uma aparência espectral e miserável. Estavam meio famintas pelo crescimento voluptuoso das ervas daninhas gigantescas.

Se alguém tivesse muita imaginação, sentiria medo naquela região, pois não se sentiria sozinho. A qualquer momento parecia que alguém poderia ser tocado no cotovelo por uma mão estendida do emaranhado ao redor. Até Dick sentia isso, mesmo sem muita imaginação e sendo destemido como era. Levou quase três quartos de hora para atravessar, e então, finalmente, veio o ar abençoado do dia e um vislumbre da lagoa entre o tronco das árvores.

Ele poderia ter dado a volta e ido de bote, só que na maré baixa, os baixios do norte da ilha eram uma barreira para a passagem do barco. É claro que poderia ter remado por toda a volta pela costa e pela entrada do recife, mas isso significaria um circuito de seis milhas ou mais. Quando desceu por entre as árvores até a beira da lagoa, eram cerca de onze horas da manhã, e a maré estava quase cheia.

A lagoa ali era como um canal, e o recife estava muito próximo, a pouco mais de um quarto de milha da costa. A água não parava, descia a cinquenta braças ou mais, e podia-se pescar da margem como de um píer. Ele havia trazido um pouco de comida e colocou-a debaixo de uma árvore enquanto preparava sua linha, que tinha um pedaço de coral como chumbada. Ele colocou a isca no anzol e, girando a chumbada no ar, a fez voar a trinta metros da costa. Havia uma muda de coqueiro crescendo bem na beira da água. Ele amarrou a ponta de sua linha em volta do caule estreito, em caso de eventualidades, e então, segurando a própria linha, pescou.

Havia prometido a Emmeline que voltaria antes do pôr do sol.

Ele era um pescador. Ou seja, uma criatura com a paciência duradoura de um gato, incansável e indiferente ao tempo assim como uma ostra. Fora até ali mais por esporte do que para pescar. Grandes coisas eram encontradas naquela parte da lagoa. Da última vez ele fisgara um horror em forma de peixe-gato; pelo menos parecia um peixe-gato do rio Mississippi. Ao contrário do peixe-gato, era grosseiro e inútil como alimento, mas era bom como esporte.

A maré agora estava baixando, e era na vazante que se fazia a melhor pescaria. Não havia vento, e a lagoa parecia uma folha de vidro, com apenas uma covinha aqui e ali, onde a vazante formava um redemoinho na água.

Enquanto pescava, Dick pensou em Emmeline e na casinha sob as árvores. Dificilmente se poderia chamar aquilo de pensamento. Imagens passavam diante de sua mente — imagens agradáveis e felizes, iluminadas pelo sol, pela lua, pelas estrelas.

Três horas se passaram assim sem nenhuma mordida ou sinal de que a lagoa continha nada além de água do mar e decepção; mas ele não resmungou. Era um pescador. Então deixou a linha amarrada à árvore e sentou-se para comer a comida que havia trazido. Mal havia terminado a refeição, o coqueiro-bebê estremeceu e se convulsionou, e Dick não precisou tocar a linha tensa para saber que era inútil tentar lidar com a coisa no final dela. O único caminho era deixá-la puxar e se cansar. Então ele se sentou e observou.

Depois de alguns minutos, a linha afrouxou, e o pequeno coqueiro retomou sua atitude de meditação pensativa e repouso. Ele puxou a linha: não havia nada na ponta além de um gancho. Ao notar isso, não resmungou; voltou a colocar a isca no anzol e atirou-o para dentro, pois era bastante provável que a coisa feroz na água voltasse a morder.

Tomado pela ideia e sem se importar com o tempo, Dick pescou e esperou. O sol estava se pondo no oeste — ele não prestou atenção. Tinha esquecido completamente que prometera a Emmeline que voltaria antes do pôr do sol; era quase pôr do sol naquele momento. De repente, logo atrás dele, por entre as árvores, ouviu a voz dela, gritando:

— Dick!

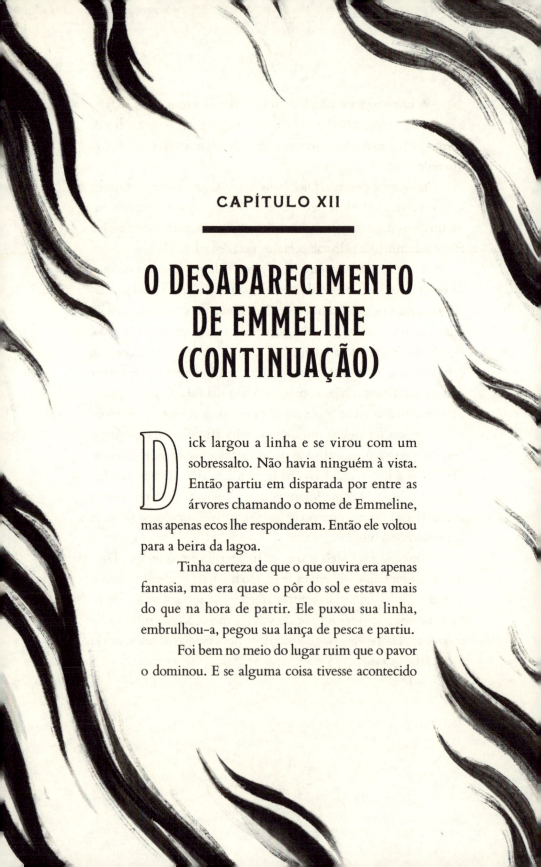

CAPÍTULO XII

O DESAPARECIMENTO DE EMMELINE (CONTINUAÇÃO)

Dick largou a linha e se virou com um sobressalto. Não havia ninguém à vista. Então partiu em disparada por entre as árvores chamando o nome de Emmeline, mas apenas ecos lhe responderam. Então ele voltou para a beira da lagoa.

Tinha certeza de que o que ouvira era apenas fantasia, mas era quase o pôr do sol e estava mais do que na hora de partir. Ele puxou sua linha, embrulhou-a, pegou sua lança de pesca e partiu.

Foi bem no meio do lugar ruim que o pavor o dominou. E se alguma coisa tivesse acontecido com ela? Estava anoitecendo, e nunca as ervas daninhas pareceram tão espessas, a penumbra tão sombria, as gavinhas das videiras tão estranhas. Então ele se perdeu — ele que sempre foi tão seguro de seu caminho! O instinto do caçador foi contrariado e, por um tempo, Dick andou de um lado para outro, indefeso como um navio sem bússola. Por fim, chegou à floresta real, mas muito à direita de onde deveria estar. Sentiu-se como uma fera que escapou de uma armadilha e correu, conduzida pelo som das ondas.

Quando chegou à relva clara que descia para a lagoa, o sol tinha acabado de desaparecer além da linha do mar. Uma faixa de nuvem vermelha flutuava no céu ocidental perto da água como se fosse a pena de um flamingo, e o crepúsculo já havia preenchido o mundo. Ele podia ver a casa vagamente, sob a sombra das árvores, e correu em direção a ela, atravessando a relva na diagonal.

Antes, sempre que estava fora, a primeira coisa a saudar seus olhos na volta era a figura de Emmeline. Ele a encontrava à sua espera na beira da lagoa ou na porta da casa.

Mas Emmeline não estava esperando por ele naquela noite. Quando chegou a casa, ela não estava lá, e ele parou, depois de vasculhar o local, vítima da mais horrível perplexidade, e incapaz de pensar ou agir no momento.

Desde o choque do incidente no recife, ela às vezes estava sujeita a ataques ocasionais de dor de cabeça; e, quando a dor era maior do que podia suportar, Emmeline saía e se escondia. Dick a procurava entre as árvores, chamando seu nome e gritando. Um leve "alô" respondia quando ela o ouvia, e então ele a encontrava debaixo de uma árvore ou arbusto, com sua infeliz cabeça entre as mãos, uma imagem de miséria.

Ele se lembrou disso naquele momento e começou a caminhar pelas bordas da floresta, chamando por ela e parando para ouvir. Nenhuma resposta veio.

Procurou entre as árvores até o pequeno poço, despertando os ecos com sua voz; depois voltou devagar, espiando à sua volta no crepúsculo profundo que então cedia à luz das estrelas. Sentou-se diante da porta da casa e, olhando para ela, poderia tê-la imaginado nos últimos estágios de exaustão. A dor e a exaustão profundas atuam da mesma maneira. Sentou-se com o queixo apoiado no peito, as mãos indefesas. Conseguia ouvir a voz dela, baixinha enquanto estava do outro lado da ilha. Ela estivera em perigo e o chamara, e ele estava pescando perdido na calmaria, inconsciente de tudo.

Esse pensamento o enlouqueceu. Dick se sentou, olhou em volta e bateu no chão com a palma das mãos; em seguida, levantou-se de um salto e dirigiu-se ao bote. Remou para o recife: a ação de um homem louco, pois ela não poderia estar lá.

Não havia lua, a luz das estrelas iluminava e velava o mundo; nem nenhum som além do majestoso trovão das ondas. Enquanto ele estava de pé, o vento noturno soprando em seu rosto, a espuma branca fervendo diante de si, e a constelação Carina brilhando no grande silêncio acima, o fato de estar no centro de uma indiferença terrível e profunda veio à sua mente inexperiente com uma pontada.

Dick voltou para a praia: a casa ainda estava deserta. Uma pequena tigela feita de casca de coco estava na grama perto da porta. Ele a tinha visto pela última vez nas mãos de Emmeline, e então a pegou e a segurou por um momento, apertando-a com força contra o peito. Em seguida, atirou-se à porta e deitou-se de bruços, com a cabeça apoiada nos braços, na atitude de quem está profundamente adormecido.

Naquela noite, ele deve ter vasculhado a floresta de novo, como um sonâmbulo, pois ao amanhecer se viu no vale diante da estátua. Então era de dia — o mundo estava cheio de luz e cor. Dick estava sentado diante da porta da casa, exausto, quando, levantando a cabeça, viu a figura de Emmeline saindo do meio das árvores distantes do outro lado da relva.

CAPÍTULO XIII

O RECÉM-CHEGADO

Por um momento, Dick não conseguiu se mover; então se levantou e correu em direção a ela. Emmeline parecia pálida e atordoada, e segurava algo em seus braços; algo embrulhado em seu lenço. Quando a apertou contra si, alguma coisa na trouxa lutou contra seu peito e emitiu um grito — exatamente como o miado de um gato. Ele recuou, e Emmeline, movendo com ternura o lenço um pouco para o lado, expôs um rosto pequenino. Era vermelho-tijolo e enrugado; havia dois olhos brilhantes e um tufo de cabelo escuro sobre a testa. Então os olhos se fecharam, o rosto se contraiu e a coisa espirrou duas vezes.

— Onde você *arrumou* isso? — perguntou ele, absolutamente perdido em espanto enquanto ela, com delicadeza, cobria com o lenço o rosto outra vez.

— Encontrei na floresta — respondeu Emmeline.

Mudo de espanto, ele a ajudou a ir até a casa, e ela se sentou, apoiando a cabeça contra os bambus da parede.

— Eu me senti tão mal — explicou ela; — e então fui me sentar na floresta, e então não me lembro de mais nada, e quando acordei isso estava lá.

— É um bebê! — apontou Dick.

— Eu sei — respondeu Emmeline.

O bebê da sra. James, visto há muito tempo, havia surgido diante dos olhos de suas mentes, um mensageiro do passado para explicar o que era a novidade. Então Emmeline lhe contou coisas — coisas que destruíram completamente a velha teoria da "plantação de repolho", suplantando-a com uma verdade muito mais maravilhosa, muito mais poética também, para quem pode apreciar a maravilha e o mistério da vida.

— Tem algo engraçado preso nele — continuou ela, como se estivesse se referindo a um pacote que acabara de receber.

— Vamos dar uma olhada — disse Dick.

— Não — respondeu ela. — Deixa pra lá.

Ela se sentou balançando a coisa suavemente, parecendo alheia ao mundo inteiro, e bastante absorta nele, como, de fato, Dick estava. Um médico teria estremecido, mas, talvez por sorte, não havia médicos na ilha. Apenas a Natureza, e ela colocava tudo em ordem em seu próprio tempo e à sua maneira.

Quando Dick ficou sentado perdido em sua admiração por tempo suficiente, acendeu o fogo. Ele não tinha comido nada desde o dia anterior e estava quase tão exausto quanto a garota. Cozinhou uma fruta-pão, e havia sobrado peixe frio do dia anterior; isso, com algumas bananas, ele serviu em duas folhas largas, fazendo Emmeline comer primeiro.

Antes de terminarem, a criatura na trouxa, como se tivesse farejado a comida, começou a gritar. Emmeline puxou o lenço de lado. Parecia faminta; sua boca antes comprimida agora estava bem aberta, seus olhos se abriam e fechavam. A garota tocou-a nos lábios com o dedo, e a criança agarrou a ponta do dedo e o chupou. Com os olhos cheios de lágrimas, ela olhou suplicante para Dick, que estava de joelhos; ele pegou uma banana, descascou, quebrou um pedaço e deu para ela. Ela aproximou a fruta da boca do bebê, que tentou chupá-la, falhou, soprou bolhas de saliva e gritou.

— Espere um minuto — disse Dick.

Havia alguns cocos verdes que ele colhera no dia anterior ali perto. Então Dick pegou um, tirou a casca verde e abriu um dos olhos, fazendo uma abertura também no lado oposto da casca. A infeliz criança chupou a noz com ferocidade, encheu o estômago com a água de coco fresca, vomitou violentamente e gemeu. Emmeline, desesperada, apertou-o contra o peito nu, onde, num instante, a criança se agarrou como uma sanguessuga. Sabia mais sobre bebês do que eles dois.

CAPÍTULO XIV

HANNAH

A o meio-dia, nas águas rasas do recife, sob o sol escaldante, a água era quentinha. Eles carregaram o bebê até ali, e Emmeline o lavava com um pedaço de flanela. Depois de alguns dias, quase nunca gritava, mesmo quando ela o lavava. Durante o processo, a criança ficava deitada nos joelhos de Emmeline, agitando com bravura seus braços e pernas, olhando diretamente para o céu. Então, quando Emmeline a virava de cabeça para baixo, ela baixava a cabeça e ria e soprava bolhas no coral do recife, examinando, pelo que parecia, o padrão do coral com atenção profunda e filosófica.

Dick ficava sentado com os joelhos até o queixo, observando tudo. Sentia-se como uma das partes proprietárias da coisa — como de fato era. O mistério do caso ainda pairava sobre os dois. Uma semana antes, os dois estavam sozinhos e, de repente, do nada, esse novo indivíduo aparecera.

Era tão completo. Tinha cabelo na cabeça, unhas minúsculas e mãos que agarravam. Tinha toda uma série de pequenos jeitos próprios, e todos os dias acrescentava um novo a eles.

Em uma semana, a extrema feiura do recém-nascido havia desaparecido. Seu rosto, que parecera esculpido, imitando a cara de um macaco em meio tijolo, tornara-se o rosto de um bebê feliz e saudável. Parecia ver coisas, e às vezes ria como se tivesse contado uma boa piada. Seu cabelo preto caiu todo e foi suplantado por uma espécie de penugem. Não tinha dentes. Deitava-se de costas, chutava, cantava, dobrava os punhos e tentava engoli-los alternadamente e, ainda, cruzava os pés e brincava com os dedos. Na verdade, era exatamente como qualquer um dos mil e um bebês que nascem no mundo a cada tique-taque do relógio.

— Como vamos chamá-lo? — perguntou Dick um dia, enquanto observava o filho e herdeiro rastejando na grama sob a sombra das folhas de fruta-pão.

— Hannah — disse Emmeline de imediato.

Estava em sua mente a lembrança de outro bebê de que ouvira falar uma vez; e era um nome tão bom quanto qualquer outro naquele lugar solitário, apesar de Hannah ser um menino.

Koko se interessou, e muito, pelo recém-chegado. Saltitava em volta dele e o olhava com a cabeça de lado; e Hannah rastejaria atrás do pássaro e tentaria agarrá-lo pelo rabo. Em poucos meses, o bebê se tornou tão valente e forte que perseguiria o próprio pai, rastejando diante dele na grama, e então você poderia ter visto a mãe, o pai e o filho brincando juntos como três crianças, o pássaro às vezes pairando no alto como um bom espírito, às vezes juntando-se à diversão.

Por vezes, Emmeline se sentava e refletia acerca da criança, uma expressão perturbada em seu rosto e um olhar distante em seus olhos. O velho e vago medo do infortúnio havia retornado — o pavor daquela forma invisível que sua imaginação meio retratava por trás do sorriso no rosto da Natureza. Sua felicidade era tão grande que chegava a temer perdê-la.

Não há nada mais maravilhoso do que o nascimento de um ser humano, e tudo o que o leva a acontecer. Ali, naquela ilha, no coração do mar, entre o sol e as árvores levadas pelo vento, sob o grande arco azul do céu, em perfeita pureza de pensamento, discutiriam a questão do começo ao fim sem corar, o objeto de sua discussão rastejando diante deles na grama e tentando pegar penas do rabo de Koko.

Foi a solidão do lugar, bem como a ignorância dos dois quanto à vida que fizeram o velho milagre parecer tão estranho e fresco — tão bonito quanto o milagre da morte parecia horrível. Em pensamentos vagos e sem expressão em palavras, eles ligaram essa nova ocorrência com aquela antiga ocorrência no recife seis anos antes. O desaparecimento e a vinda de um homem.

Hannah, apesar de seu nome infeliz, era certamente um bebê muito viril e cativante. Os cabelos negros que apareceram e desapareceram como uma brincadeira da Natureza, deram lugar a uma penugem que no começo era amarela, como trigo descolorido pelo sol, mas que em poucos meses foi tingida de ruivo.

Um dia — ele estava inquieto e mordendo os polegares havia algum tempo —, Emmeline, olhando em sua boca, viu algo branco e como um grãozinho de arroz saindo de sua gengiva. Era um dente recém-nascido. Ele agora podia comer bananas e frutas-pão, e muitas vezes eles o alimentavam com peixe — um fato que novamente poderia ter feito um médico estremecer; no entanto, Hannah prosperou em tudo, e ficou mais robusto a cada dia.

Emmeline, com uma sabedoria profunda e natural, deixou-o engatinhar completamente nu, vestido de ozônio e luz do sol. Levando-o para o recife, ela o deixava nadar nas piscinas rasas, segurando-o pelas axilas enquanto ele, com os pés, borrifava a água brilhante como diamante, rindo e gritando.

Estavam começando a vivenciar um fenômeno tão maravilhoso quanto o nascimento da criança — o nascimento de sua inteligência: a aparição de uma pequena personalidade com predileções próprias, gostos e desgostos.

Hannah distinguia Dick de Emmeline; e quando Emmeline satisfazia suas necessidades materiais, ele estendia os braços para ir até Dick, caso estivesse por perto. Ele via Koko como um amigo, mas quando, um dia, um amigo de Koko — um pássaro com uma mente curiosa e três penas vermelhas na cauda — apareceu para inspecionar o recém-chegado, ele se ressentiu da intrusão e gritou.

Tinha uma paixão por flores, ou qualquer coisa brilhante. Ria e gritava quando levado de bote até a lagoa, e fazia como se fosse pular na água para pegar os corais de cores vivais lá embaixo.

Ai de mim!, rimos de mães jovens e de todas as coisas milagrosas que elas nos contam sobre seus bebês. Elas veem o que não podemos ver: o primeiro desabrochar daquela flor misteriosa, a mente.

Um dia eles estavam na lagoa. Dick estava remando; havia parado e estava deixando o barco vagar um pouco. Emmeline estava embalando a criança no joelho, quando de repente esta estendeu os braços para o remador e disse:

— Dick!

A palavrinha, tantas vezes ouvida e facilmente repetida, foi sua primeira palavra na Terra.

Uma voz que nunca havia falado no mundo antes, falava agora; e ouvir seu nome assim, misteriosamente pronunciado por um ser que ele criou, é a coisa mais doce e talvez a mais triste que um homem pode conhecer.

Dick pegou a criança no colo e, a partir daquele momento, seu amor por ela foi maior do que seu amor por Emmeline ou qualquer outra coisa no mundo.

CAPÍTULO XV

A LAGOA DE FOGO

Desde a tragédia que acontecera seis anos antes, formava-se na mente de Emmeline Lestrange uma coisa — devo chamar de uma profunda desconfiança. Ela nunca tinha sido esperta; as lições a entristeciam e cansavam, sem torná-la muito mais sábia. No entanto, sua mente era daquela ordem em que verdades profundas vêm por atalhos. Ela era intuitiva.

Grande conhecimento pode espreitar na mente humana sem que o dono da mente esteja ciente. Ele ou ela age de determinada maneira, ou pensa de certa forma a partir da intuição; em outras palavras, como resultado do raciocínio mais profundo.

Quando aprendemos a chamar tempestades de tempestades, a morte de morte e o nascimento

de nascimento; quando dominamos o livro do sr. Piddington sobre a lei das tempestades, o de Ellis a respeito da anatomia e o de Lewer sobre obstetrícia, já nos tornamos meio cegos. Ficamos hipnotizados por palavras e nomes. Pensamos em palavras e nomes, não em ideias; o lugar-comum triunfou, o verdadeiro intelecto está meio esmagado.

Tempestades haviam estourado sobre a ilha antes disso. E o que Emmeline se lembrava delas pode ser expresso por um exemplo.

A manhã era brilhante e feliz, nunca tão brilhante como o sol, nem tão amena como a brisa, nem tão tranquila como a lagoa azul; então, com uma rapidez horrível, como se estivesse doente de dissimulação e louca para se mostrar, alguma coisa escureceria o sol, e com um grito esticaria a mão e devastaria a ilha, transformaria a lagoa em espuma, derrubaria os coqueiros e mataria os pássaros. E um pássaro seria deixado e outro, levado; uma árvore destruída e outra deixada de pé. A fúria da coisa era menos assustadora do que sua cegueira e indiferença.

Uma noite, quando a criança estava dormindo, logo depois que a última estrela se acendeu, Dick apareceu na porta da casa. Tinha estado na beira da água e então havia retornado. Acenou para que Emmeline o seguisse e, colocando a criança no chão, ela o fez.

— Venha aqui e dê uma olhada — disse ele.

Ele liderou o caminho até a água; e, ao se aproximarem, Emmeline percebeu que havia algo estranho na lagoa. De longe parecia pálida e sólida; poderia ser uma grande extensão de mármore cinza com veios pretos. Então, ao se aproximar, ela viu que a aparência cinzenta e opaca era um engano dos olhos.

A lagoa estava acesa e flamejando.

O fogo fosfórico estava em seu próprio coração e em seu ser; cada ramo de coral era uma tocha. Cada peixe, uma lanterna que passava. A maré que avançava movendo as águas fazia todo o fundo brilhante da lagoa se mover e estremecer, e as pequenas ondas baterem na margem, deixando para trás vestígios de vaga-lumes.

— Veja! — disse Dick.

Ele se ajoelhou e mergulhou o antebraço na água. A parte imersa brilhava como uma tocha fumegante. Emmeline podia vê-lo tão claramente como se estivesse iluminado pela luz do sol. Então Dick esticou o braço e, até onde a água chegou, foi coberto por uma luva brilhante.

Já tinham visto a fosforescência da lagoa antes; de fato, em qualquer noite era possível observar os peixes que passam como barras de prata, quando a lua está ausente; mas aquilo era algo novo, e era fascinante.

Emmeline ajoelhou-se e esfregou as mãos, fez um par de luvas fosforescentes, gritou de prazer e riu. Era todo o prazer de brincar com fogo sem o perigo de se queimar. Então Dick esfregou o rosto com a água até que esse começasse a brilhar.

— Espere! — gritou; e, correndo até a casa, foi buscar Hannah.

Desceu correndo com ele até a beira da água, deu a criança a Emmeline, desatracou o bote e partiu da margem.

Os remos, até onde estavam imersos, eram como barras de prata reluzentes; sob eles passavam os peixes, deixando rabos de cometas; cada aglomerado de coral era uma lâmpada, emprestando seu brilho até a grande lagoa ficar luminosa como um salão de baile. Até mesmo a criança no colo de Emmeline cantou e gritou com a estranheza da visão.

Eles atracaram no recife e vagaram pela parte plana. O mar estava branco e brilhante como a neve; sua espuma parecia uma cerca de fogo.

Enquanto eles olhavam para a visão extraordinária, de repente, quase tão instantaneamente quanto o desligamento de uma luz elétrica, a fosforescência do mar cintilou e desapareceu.

A lua estava nascendo. Sua crista estava saindo da água e, quando seu rosto apareceu lentamente atrás de um cinturão de vapor que se estendia no horizonte, parecia feroz e vermelho, manchado de fumaça como o rosto de Eblis.

CAPÍTULO XVI

O CICLONE

Quando acordaram na manhã seguinte, o dia estava escuro. Um sólido teto de nuvens, cor de chumbo e sem ondulação, estendia-se sobre o céu, quase até o horizonte. Não havia um sopro de vento sequer, e os pássaros voavam com certo descontrole, como se perturbados por algum inimigo invisível na floresta.

Enquanto Dick acendia o fogo para preparar o café da manhã, Emmeline andava de um lado para o outro, segurando o bebê no peito; sentia-se agitada e inquieta.

À medida que a manhã avançava, a escuridão aumentava; uma brisa se levantou, e as folhas das árvores de fruta-pão batiam ao som da chuva caindo sobre o vidro. Uma tempestade estava chegando, mas havia algo diferente em sua aproximação. Não era como a chegada das tempestades que eles já conheciam.

Quando a brisa aumentou, um som preencheu o ar, vindo de muito além do horizonte. Era como o som de uma grande multidão de pessoas e, no entanto, era tão fraco e vago que repentinas rajadas de brisa através das folhas acima o afogavam por completo. Então cessou, e nada se ouvia a não ser o balançar dos galhos e o farfalhar das folhas sob o vento crescente, que naquele momento soprava vindo do oeste, forte, feroz e com um ímpeto constante, afligindo a lagoa e enviando nuvens e massas de espuma sobre o recife. O céu que tinha sido tão pesado, pacífico e como um telhado sólido estava, então, com pressa, fluindo para o leste como um grande rio turbulento na cheia.

E então, novamente, podia-se ouvir o som ao longe — o trovão dos capitães da tempestade e seus gritos; mas ainda tão fraco, tão vago, tão indeterminado e tão sobrenatural que parecia o som de um sonho.

Emmeline estava sentada entre as samambaias no chão, acovardada e muda, segurando o bebê contra o peito, que dormia profundamente. Dick estava na porta. Sua mente estava perturbada, mas não demonstrava.

Todo o belo mundo insular havia agora assumido a cor de cinzas e de chumbo. A beleza havia desaparecido por completo, tudo parecia tristeza e angústia.

Os coqueiros, sob o vento que havia perdido seu ímpeto constante e passara a soprar em rajadas de furacão, lançavam-se em todas as direções, aflitos; e quem já viu uma tempestade tropical saberá o que um coqueiro pode expressar por seus movimentos sob o chicote do vento.

Felizmente a casa foi construída de tal forma que era protegida por toda a profundidade do bosque entre ela e a lagoa; e, felizmente, também estava protegida pela folhagem densa da fruta-pão, pois de repente, com um estrondo de trovão, como se o martelo de Thor tivesse sido arremessado do céu em direção à Terra, as nuvens se abriram e a chuva caiu em grandes lufadas. Ela rugia na folhagem acima, que, dobrando folha sobre folha, formava um telhado inclinado do qual se precipitava numa cascata constante semelhante a um véu.

Dick entrou correndo na casa e naquele momento estava sentado ao lado de Emmeline, que tremia e segurava a criança, que acordou com o som do trovão.

Por uma hora eles ficaram sentados, a chuva cessando e voltando, o trovão sacudindo a terra e o mar, e o vento passando por cima com um grito lancinante e monótono.

Então, de repente, o vento diminuiu, a chuva cessou e uma pálida luz espectral, como a do amanhecer, caiu diante da porta.

— Acabou! — gritou Dick, fazendo menção de se levantar.

— Ah, escute! — disse Emmeline, agarrando-se a ele, e segurando o bebê em seu peito como se o toque dele fosse protegê-los. Ela havia adivinhado que algo se aproximava e era pior do que uma tempestade.

Então, no silêncio, longe do outro lado da ilha, eles ouviram um som como o zumbido de um grande pião.

Era o centro do ciclone se aproximando.

Um ciclone é uma tempestade circular: uma tempestade em forma de anel. Esse anel de furacão viaja através do oceano com velocidade e fúria inconcebíveis, mas seu centro é um refúgio de paz.

À medida que ouviam, o som aumentava, ficava mais agudo e tornava-se um guincho que perfurava os tímpanos: um som que estremecia com pressa e velocidade, aumentando, trazendo consigo o estouro e o estrondo das árvores, e por fim rompendo-se num grito que atordoava o cérebro como o golpe de um porrete. Em um segundo a casa foi demolida, e eles estavam agarrados às raízes da fruta-pão, surdos, cegos e meio sem vida.

O terror e o choque prolongados daquela situação reduziram-nos de seres pensantes ao nível de animais assustados cujo único instinto é a preservação.

Quanto tempo durou o horror, eles não sabiam dizer. E então, como um louco que para por um momento no meio de suas lutas e fica imóvel, o vento parou de soprar e houve paz. O centro do ciclone estava passando sobre a ilha.

Olhando para cima, tinha-se uma visão maravilhosa. O ar estava tomado por pássaros, borboletas, insetos — todos pendurados no coração da tempestade e viajando com ela sob sua proteção.

Embora o ar estivesse parado como o ar de um dia de verão, do norte, sul, leste e oeste, de todos os pontos da bússola, vinha o grito do furacão.

Havia algo de chocante nisso.

Em uma tempestade, a pessoa é tão atingida pelo vento que não tem tempo para pensar: fica meio estupefata. Mas no centro morto de um ciclone está em perfeita paz. O problema está por toda parte, mas não ali. Temos tempo para examinar a coisa como um tigre numa jaula, ouvir sua voz e estremecer com sua ferocidade.

A garota, segurando o bebê contra o peito, sentou-se ofegante. O bebê não sofreu nenhum dano; chorara a princípio quando o trovão explodiu, mas agora parecia impassível, quase atordoado. Dick saiu de debaixo da árvore e olhou para o prodígio no ar.

O ciclone reunira em seu caminho aves marinhas e aves terrestres; havia gaivotas brancas e fragatas pretas, borboletas, e todas pareciam aprisionadas sob uma grande cúpula de vidro flutuante. À medida que avançavam, viajando como coisas sem vontade e num sonho, com um zumbido e um rugido, o quadrante sudoeste do ciclone irrompeu na ilha, e todo o amargo negócio recomeçou.

Durou horas e horas, depois, por volta da meia-noite, o vento diminuiu; e quando o sol nasceu na manhã seguinte, foi num céu sem nuvens, sem nenhum vestígio de um pedido de desculpas pela destruição causada por seus filhos, os ventos. Mostrava árvores arrancadas e pássaros mortos, três ou quatro postes de bambu remanescentes do que havia sido uma casa, a lagoa da cor de uma safira pálida e um mar verde-vítreo, coberto de espuma correndo e trovejando contra o recife.

CAPÍTULO XVII

AS FLORESTAS ATINGIDAS

A princípio eles pensaram que estavam arruinados; então Dick, partindo à procura, encontrou a velha serra debaixo de uma árvore e a faca de açougueiro perto dela, como se a faca e a serra estivessem tentando fugir juntas e tivessem falhado.

Pouco a pouco começaram a recuperar itens de sua propriedade, os quais estavam por toda parte. Os restos da flanela haviam sido levados pelo ciclone e enrolados em voltas e mais voltas de um coqueiro esguio, até o tronco parecer uma perna alegremente enfaixada. A caixa de anzóis tinha sido enfiada no centro de uma fruta-pão cozida, ambos apanhados pelos dedos do vento e arremessados contra a mesma árvore; e a vela do *Shenandoah* estava no recife, com um pedaço de coral cuidadosamente colocado sobre ela, como que para mantê-la baixa. Quanto à vela do bote, nunca mais foi vista.

Há humor às vezes num ciclone, se você conseguir apreciá--lo; pois nenhuma outra forma de perturbação do ar produz efeitos tão singulares. Ao lado do grande redemoinho de vento principal, existem redemoinhos menores, cada um acionado por seu próprio demônio especial.

Emmeline sentiu Hannah quase ser arrancado de seus braços duas vezes por esses pequenos ventos ferozes; e que todo o negócio da grande tempestade foi iniciado com o objetivo de arrebatar Hannah dela e mandá-lo para o mar, era uma crença que ela mantinha, talvez, nos recessos mais profundos de sua mente.

O bote teria sido totalmente destruído se não tivesse tombado e afundado em águas rasas ao primeiro golpe do vento; da forma como estava, Dick conseguiu salvá-lo na maré baixa seguinte, quando flutuou com a mesma coragem de sempre, sem ter feito um único remendo.

Mas a destruição entre as árvores foi lamentável. Olhando para a floresta como uma massa, notava-se brechas aqui e ali, mas o que realmente aconteceu não podia ser visto até que se estivesse entre as árvores. Grandes e belos coqueiros, não mortos, mas morrendo, jaziam esmagados e quebrados como se tivessem sido pisoteados por algum pé enorme. Ali, encontrava-se meia dúzia de cipós torcidos num grande cabo. Onde havia coqueiros, não se podia mover-se um metro sem chutar uma fruta caída; seria possível colher cocos adultos, meio crescidos e pequenos, não maiores do que maçãs pequeninas, pois na mesma árvore se encontram frutas de todos os tamanhos e condições.

Nunca se vê um coqueiro perfeitamente reto; todos eles têm uma inclinação mais ou menos perpendicular; talvez seja por isso que um ciclone tenha mais efeito sobre eles do que sobre outras árvores.

A sequoia, outrora um quadro tão bonito com seus troncos ornamentados, jazia quebrada e arruinada; e bem através do cinturão dos abricós, bem através das terras ruins, estendia-se uma estrada larga, como se um exército, cavalos, infantaria e artilharia tivessem passado por ali de ponta a ponta da lagoa. Esse foi o caminho deixado pelo grande casco da tempestade; mas, se você tivesse procurado na floresta de ambos os lados, teria encontrado caminhos onde os ventos menores estiveram trabalhando, onde os redemoinhos bebês estiveram brincando.

Das matas machucadas, como um incenso oferecido ao céu, subia um perfume de flores reunidas e espalhadas, de folhas molhadas pela chuva, de cipós retorcidos e quebrados e com seiva escorrendo; o perfume das árvores recém-destruídas e arruinadas — a essência e a alma da sequoia, da figueira e do coqueiro lançados ao vento.

Na floresta, encontravam-se borboletas mortas, e pássaros também; mas no grande caminho da tempestade eram encontrados asas de borboletas mortas, penas, folhas esgarçadas como se por dedos, galhos de figueira-de-bengala e galhos de hibisco quebrados em pequenos fragmentos.

Poderoso o suficiente para rasgar um navio, arrancar uma árvore, meio que arruinar uma cidade. Delicado o suficiente para arrancar uma asa de borboleta — isso é um ciclone.

Emmeline, vagando pela floresta com Dick no dia seguinte à tempestade, olhando para as ruínas das grandes árvores e dos passarinhos, e lembrando-se dos pássaros terrestres que vislumbrara no dia anterior sendo carregados em segurança pela tempestade para se afogarem no mar, sentiu um grande peso saindo de seu coração. O azar viera e poupara a eles e ao bebê. O azul falara, mas não os chamara.

Ela sentiu que algo — o algo que nós na civilização chamamos de Destino — era abundante no momento; e, sem ser aniquilada, seu incessante pavor hipocondríaco se condensou num ponto, deixando seu horizonte claro e ensolarado.

De fato, pode-se dizer que o ciclone os tratou quase amavelmente. Ele havia tomado a casa, mas isso era uma questão pequena, pois havia deixado quase todos os seus pertences. A caixa de fogo, a pederneira e a isca teriam sido perdas muito mais sérias do que uma dúzia de casas, pois, sem esses itens, não teriam absolutamente nenhum meio de fazer fogo.

Pelo menos, o ciclone tinha sido quase gentil demais com eles; deixara que pagassem muito pouco daquela misteriosa dívida que tinham com os deuses.

CAPÍTULO XVIII

UMA ESTÁTUA CAÍDA

N o dia seguinte, Dick começou a reconstruir a casa. Ele pegou a vela no recife e montou uma tenda temporária.

Foi um grande trabalho cortar os bambus e arrastá-los para fora. Emmeline o ajudou; enquanto Hannah, sentado na grama, brincava com o pássaro que havia desaparecido durante a tempestade, mas reaparecera na noite seguinte.

A criança e o pássaro tornaram-se amigos em pouquíssimo tempo; eles eram bastante amigáveis mesmo no início, mas agora o pássaro às vezes deixava que as mãozinhas o apertassem ao redor do corpo — pelo menos, até onde as mãos iam.

É uma experiência rara para um homem segurar um pássaro manso, sem luta e sem medo em suas mãos; ao lado de apertar uma dama em seus braços, é a sensação tátil mais agradável que ele vai experimentar na vida. Ele sentirá o desejo de pressioná-lo em seu coração, se tiver tal coisa.

Hannah pressionava Koko contra sua pequena barriga marrom, como se admitisse, ingênuo, onde estava seu coração.

Era uma criança extraordinariamente brilhante e inteligente. Não prometia ser falante, pois, tendo proferido a palavra "Dick", descansou satisfeito por um longo tempo antes de avançar ainda mais no labirinto da linguagem; mas, embora não usasse a língua, falava de muitas outras maneiras. Com seus olhos, que eram tão brilhantes quanto os de Koko, e cheios de todos os tipos de travessura; com as mãos e os pés e os movimentos do corpo. Ele tinha um jeito de apertar as mãos diante de si quando estava muito satisfeito, um jeito de expressar quase todos os tons de prazer; e, embora raramente expressasse raiva, quando o fazia, expressava-a em plenitude.

Estava agora mesmo cruzando a fronteira para a terra dos brinquedos. Na civilização, ele sem dúvida teria sido o dono de um cachorro de borracha ou de um cordeiro feito de lã, mas ali não havia brinquedos. A velha boneca de Emmeline havia sido deixada para trás quando eles fugiram do outro lado da ilha, e Dick, há mais ou menos um ano, numa de suas expedições, a encontrara meio enterrada na areia da praia.

Dick então a tinha trazido de volta mais como curiosidade do que qualquer outra coisa, e eles a mantinham na prateleira da casa. O ciclone a empalara num galho de árvore próximo, como rindo deles; e Hannah, quando o brinquedo lhe foi apresentado, atirou-a para longe como se estivesse com nojo. Mas ele brincava com flores ou conchas brilhantes, ou pedaços de coral, usando-os para fazer desenhos vagos na relva.

Todos os cordeiros de brinquedo do mundo não o teriam agradado mais do que essas coisas, os brinquedos das crianças trogloditas — as crianças da Idade da Pedra. Bater duas conchas de ostra e fazer barulho — afinal, do que um bebê poderia gostar mais do que isso?

Uma tarde, quando a casa começava a tomar alguma forma, eles pararam de trabalhar e adentraram as árvores; Emmeline carregando o bebê, e Dick se revezando com ela. Juntos, estavam indo para o vale da estátua.

Desde a chegada de Hannah, e mesmo antes, a figura de pedra, de pé em sua terrível e misteriosa solidão, deixara de ser um objeto de pavor para Emmeline, e se tornara uma coisa vagamente benevolente. O amor chegara a ela sob sua sombra; e sob sua sombra o espírito da criança havia entrado nela — de onde, quem sabe? Mas certamente através do céu.

Talvez a coisa que tinha sido o deus de algumas pessoas desconhecidas a tivesse inspirado com o instinto da religião; se assim for, ela foi sua última adoradora na terra, pois, quando eles entraram no vale, o encontraram deitado de bruços. Grandes blocos de pedra jaziam ao seu redor: evidentemente houvera um deslizamento de terra, uma catástrofe se preparando havia séculos, e determinada, talvez, pela chuva torrencial do ciclone.

Em Ponape, Huahine, na Ilha de Páscoa, você pode ver grandes estátuas que foram derrubadas assim, templos desaparecendo aos poucos da vista e socalcos, os quais aparentemente eram tão sólidos quanto as colinas, transformando-se suave e sutilmente em montes de pedra disformes.

CAPÍTULO XIX

A EXPEDIÇÃO

Na manhã seguinte, a luz do dia, filtrando-se pelas árvores, despertou Emmeline na tenda que improvisaram enquanto a casa estava sendo construída. O amanhecer chegava mais tarde ali do que no outro lado da ilha, o qual dava para o leste — mais tarde, e de uma maneira diferente —, pois há uma diferença de mundos entre o amanhecer sobre uma colina arborizada e o amanhecer sobre o mar.

Do outro lado, na areia com o quebra-mar do recife que dava para o leste à sua frente, o leste mal mudaria de cor antes que a linha do mar estivesse em chamas, o céu se iluminasse num vazio ilimitado de azul e a luz do sol inundasse a lagoa — suas ondas de luz parecendo perseguir as ondas da água.

Desse lado era diferente. O céu era escuro e repleto de estrelas; já os bosques, grandes espaços de sombra aveludada. Então, através das folhas da sequoia, vinha um suspiro, e as folhas da fruta-pão tamborilavam, e o som do recife se tornava fraco. A brisa da terra havia despertado e, em pouco tempo, como se os tivesse levado para longe, olhando para cima, você descobriria que as estrelas tinham desaparecido e que o céu tinha um véu azul-pálido. Nessa aproximação indireta do amanhecer havia algo inefavelmente misterioso. Podia-se ver, mas as coisas vistas eram indecisas e vagas, assim como são no crepúsculo de um dia de verão inglês.

Emmeline mal tinha se levantado quando Dick também acordou, e eles saíram para a relva e depois desceram para a beira da água. Dick foi nadar, e a menina, segurando o bebê, ficou na margem olhando para ele.

Sempre depois de uma grande tempestade, o clima da ilha se tornava mais estimulante, e naquela manhã o ar parecia cheio do espírito da primavera. Emmeline sentiu isso e, enquanto observava o nadador se divertindo na água, riu e levantou a criança para observá-lo. A brisa, cheia de todos os tipos de perfumes doces da floresta, soprou seus cabelos negros sobre os ombros, e a plena luz da manhã vinda por sobre as palmeiras da floresta além da relva tocou ela e a criança. A natureza parecia acariciá-los.

Dick desembarcou e correu para se secar ao vento. Então foi até o bote e a examinou; pois ele havia decidido deixar a construção da casa por meio dia e remar até o antigo lugar para ver como as bananeiras haviam resistido à tempestade. Não era de se espantar que estivesse preocupado com elas. A ilha era sua despensa, e as bananas eram um artigo alimentício muito valioso. Ele tinha todos os sentimentos de uma governanta cuidadosa sobre aqueles frutos, e não podia descansar até ter visto por si mesmo a extensão do estrago, se é que havia algum.

Então examinou o barco, e depois todos voltaram para o café da manhã. Vivendo suas vidas, eles tiveram que usar premeditação. Guardavam, por exemplo, todas as cascas dos cocos que usavam como combustível para o fogo; e você nunca poderia imaginar o esplendor ardente que vive na casca de um coco até vê-lo queimando. Ontem, Dick, com sua costumeira prudência, havia colocado para secar ao sol um monte de gravetos, todos molhados por conta da chuva da tempestade: em consequência, eles tinham bastante combustível para fazer uma fogueira esta manhã.

Quando terminaram o café da manhã, ele pegou a faca para cortar as bananas — se tivesse sobrado alguma — e, pegando a lança, desceu até o barco, seguido por Emmeline e a criança.

Dick havia entrado no bote e estava prestes a desamarrá-lo e empurrá-lo quando Emmeline o deteve:

— Dick!
— O que foi?
— Eu vou com você.
— Você?! — disse ele com espanto.
— Sim, eu... não tenho mais medo.

Era um fato; desde a chegada da criança, ela perdera aquele pavor do outro lado da ilha — ou quase.

A morte é uma grande escuridão, o nascimento é uma grande luz — eles se misturaram em sua mente; a escuridão ainda estava lá, mas não era mais tão terrível para ela, pois estava impregnada de luz. O resultado foi um crepúsculo triste, mas bonito, e despovoado de formas de medo.

Anos antes ela tinha visto uma porta misteriosa fechar e levar um ser humano do mundo para sempre. A visão a enchera de um pavor inimaginável, pois não tinha palavras para aquilo, nem nenhuma religião ou filosofia para explicá-la ou encobri-la. Recentemente tinha visto uma porta igualmente misteriosa se abrir e deixar entrar um ser humano; e no fundo de sua mente, no lugar onde estavam os sonhos, um grande fato havia explicado e justificado o outro. A vida desaparecia no vazio, mas a vida também vinha de lá. Havia vida no vazio, e ele não era mais terrível.

Talvez todas as religiões tenham nascido no dia em que alguma mulher, sentada sobre uma rocha à beira do mar pré-histórico, olhou para o filho recém-nascido e lembrou-se de seu parceiro que havia sido morto, fechando assim o encanto e aprisionando a ideia de um estado futuro.

Emmeline, com a criança nos braços, entrou na pequena embarcação e sentou-se na popa, enquanto Dick a empurrou. Mal tinha colocado os remos para fora, chegou um novo passageiro. Era Koko. Ele costumava acompanhá-los até o recife, embora, estranhamente, nunca fosse lá sozinho por vontade própria. O pássaro fez um círculo ou dois sobre eles, e então pousou na amurada na proa, e se empoleirou ali, corcunda, com suas longas penas branco-acinzentadas da cauda apresentadas à água.

O remador manteve-se perto da costa e, enquanto contornavam o pequeno cabo repleto de coqueiros silvestres, os arbustos roçavam o barco, e a criança, empolgada com a cor deles, estendia as mãos. Emmeline estendeu a mão e quebrou um galho; mas não era um galho do coco selvagem que ela havia colhido, era um galho das frutinhas do sono eterno. As frutinhas que fariam alguém dormir, caso as comesse — dormir e sonhar, e nunca mais acordar.

— Jogue isso fora! — gritou Dick, que se lembrava.

— Vou jogar num minuto — respondeu ela.

Segurava-as diante da criança, que ria e tentava agarrá-las. Então Emmeline as esqueceu e as jogou no fundo do barco, pois algo havia batido na quilha com um baque, e a água estava fervendo por toda parte.

Havia uma luta selvagem acontecendo ali embaixo. Na época de reprodução, grandes batalhas às vezes aconteciam na lagoa, pois os peixes têm ciúmes como os homens — casos de amor, amizades.

As duas grandes formas podiam ser vagamente percebidas, uma perseguindo a outra, e aterrorizavam Emmeline, que implorou a Dick que continuasse a remar.

Eles deslizaram pelas margens agradáveis que Emmeline nunca tinha visto antes, tendo dormido profundamente quando passaram por lá anos antes.

Pouco antes de desembarcar, ela olhou para o início da casinha sob a sequoia e, quando olhou para as estranhas clareiras e bosques, a imagem dela se ergueu diante de si e pareceu chamá-la de volta.

Era uma pequena posse, mas era um lar; e estava tão pouco acostumada a mudar que uma espécie de saudade de casa já lhe abatia; mas passou quase tão rápido quanto veio, e ela começou a se admirar com as coisas ao seu redor, e apontá-las para a criança.

Quando chegaram ao lugar onde Dick havia fisgado a albacora, ele se pendurou nos remos e contou a ela a respeito disso. Era a primeira vez que Emmeline ouvia aquilo; um fato que mostra em que estado de selvageria ele estava caindo. Dick havia mencionado as canoas, pois tinha que prestar contas da lança; mas quanto a lhe contar sobre os incidentes da caça, ele não pensava em fazê-lo mais do que um indígena pensaria em detalhar para sua parceira os incidentes de uma caça ao urso. O desprezo pelas mulheres é a primeira lei da selvageria e talvez a última lei de alguma filosofia antiga e profunda.

Ela escutou, e quando chegou ao incidente do tubarão, estremeceu.

— Eu gostaria de ter um gancho grande o suficiente para pegá-lo — comentou ele, olhando para a água como se procurasse seu inimigo.

— Não pense nele, Dick — repreendeu Emmeline, segurando a criança com mais força em seu coração. — Reme.

Ele retomou os remos, mas dava para ver em seu rosto que estava recontando para si mesmo o incidente.

Quando contornaram o último promontório, e a costa e a fenda no recife se abriram diante deles, Emmeline prendeu a respiração. O lugar havia mudado de uma maneira sutil; tudo estava lá da mesma forma como antes, mas tudo parecia diferente — a lagoa parecia mais estreita; o recife, mais próximo; os coqueiros, não tão altos. Ela estava contrastando as coisas reais com a lembrança delas quando vistas por uma criança. A mancha preta havia desaparecido do recife; a tempestade a varrera por completo.

Dick aportou o barco nas ondulações de areia e deixou Emmeline sentada na popa, enquanto ia em busca das bananas; ela o teria acompanhado, mas a criança havia adormecido.

Hannah dormindo era uma imagem ainda mais agradável do que quando acordado. Parecia um pequeno cupido marrom sem asas, arco ou flecha. Ele tinha toda a graça de uma pena enrolada. O sono sempre o perseguia e o pegava nos momentos mais inesperados — quando estava brincando, ou mesmo a qualquer momento. Emmeline às vezes o encontrava com uma concha colorida ou um pedaço de coral com o qual estava brincando em sua mão enquanto profundamente adormecido, uma expressão feliz em seu rosto, como se sua mente estivesse perseguindo suas vocações terrenas em alguma praia afortunada na terra dos sonhos.

Dick havia colhido uma folha enorme de fruta-pão e dado a ela para usar como um abrigo contra o sol, e ela sentou-se segurando-a sobre si, olhando diretamente à sua frente, sobre as areias brancas e ensolaradas.

O voo da mente em devaneio não é uma linha direta. Para ela, sonhando sentada, vieram todos os tipos de imagens coloridas, evocadas pela cena diante de si: a água verde sob a popa de um navio, e a palavra *Shenandoah* refletida vagamente nela; a chegada deles e o pequeno jogo de chá estendido na areia branca — ela ainda podia ver os amores-perfeitos pintados nos pratos e contou na memória as colheres de chumbo; as grandes estrelas que queimavam sobre o recife à noite; os Cluricaunes e as fadas; o barril junto ao poço onde as flores da espécie convolvulus desabrochavam, e as árvores levadas pelo vento vistas do cume da colina — todas essas imagens flutuavam diante dela, dissolvendo-se e substituindo umas às outras à medida que avançavam.

Havia tristeza na contemplação, mas prazer também. Ela se sentia em paz com o mundo. Todos os problemas pareciam muito atrás dela. Era como se a grande tempestade que os deixou ilesos tivesse sido uma embaixadora dos poderes superiores para assegurar-lhes sua paciência, proteção e amor.

De repente, ela notou que entre a proa do barco e a areia havia uma linha larga, azul e brilhante. O bote estava flutuando.

CAPÍTULO XX

O GUARDIÃO DA LAGOA

As árvores ali tinham sido menos afetadas pelo ciclone do que as do outro lado da ilha, mas houve destruição suficiente. Para chegar ao lugar que queria, Dick teve que escalar árvores derrubadas e abrir caminho através de um emaranhado de trepadeiras que antes pairava acima.

As bananeiras não sofreram nada; como se por alguma dispensa especial da Providência, mesmo os grandes cachos de frutas mal tinham sido danificados, e ele começou a subir e cortá-los. Cortou duas pencas e com uma no ombro desceu por entre as árvores.

Já tinha atravessado metade da parte de areia, com a cabeça curvada sob a carga, quando lhe veio um chamado distante e, erguendo a cabeça, viu o bote à deriva no meio da lagoa, e a figura da menina na proa acenando para ele com o braço. Dick então viu um remo flutuando na água a meio caminho entre o barco e a margem, que ela sem dúvida havia perdido na tentativa de remar de volta. Lembrou-se de que a maré estava baixando.

Ele jogou sua carga para o lado e correu pela praia; num momento ele estava na água. Emmeline, de pé no barco, o observava.

Quando Emmeline se viu à deriva, fez um esforço para remar de volta, e em sua pressa de transportar os remos, acabara perdendo um. Com um único remo ficou bastante indefesa, pois não tinha a arte de remar um barco pela popa. A princípio ela não se assustou, pois sabia que Dick logo voltaria para ajudá-la; mas, à medida que a distância entre o barco e a praia aumentava, uma mão fria parecia pousar em seu coração. Olhando para a costa, parecia muito distante, e a vista para o recife era terrível, pois a abertura havia aumentado visivelmente de tamanho, e o grande mar além parecia atraí-la para si.

Ela viu Dick saindo da floresta com a carga no ombro e o chamou. A princípio ele não pareceu ouvir, então o viu olhar para cima, jogar as bananas para o lado e descer correndo pela areia até a beira da água. Então o viu nadar, agarrar o remo, e seu coração deu um grande salto de alegria.

Rebocando o remo e nadando com um braço só, Dick rapidamente se aproximou do barco. Estava bem perto, a apenas três metros de distância, quando Emmeline viu atrás dele, cortando a água clara e ondulante e avançando com velocidade, um triângulo escuro que parecia feito de lona esticada sobre a ponta de uma espada.

Quarenta anos antes, ele ficara à deriva no mar, a forma de uma pequena pinha surrada, presa de qualquer coisa que pudesse encontrá-lo. Ele escapara das mandíbulas da barracuda, e as mandíbulas da barracuda são uma porta muito larga; ele escapara da albacora e da lula. Sua vida fora uma longa série de fugas milagrosas da morte. De um bilhão como ele nascidos no mesmo ano, apenas ele e alguns outros sobreviveram.

Por trinta anos, ele mantivera a lagoa para si, como um tigre feroz mantém uma selva. Ele conhecera a palmeira no recife quando ainda era uma muda, e conhecera o recife antes mesmo da palmeira estar lá. As coisas que ele havia devorado, atirado umas sobre as outras, teriam formado uma montanha; no entanto, ele estava tão livre de inimizade quanto uma espada, tão cruel e sem alma. Ele era o espírito da lagoa.

Emmeline gritou e apontou para a coisa atrás do nadador. Ele se virou, viu, largou o remo e foi para o barco. Ela agarrou o remo restante e ficou com ele posicionado, então o arremessou para a forma na água, agora totalmente visível, e perto de sua presa.

Ela não conseguia atirar uma pedra em linha reta, mas o remo foi como uma flecha para o alvo, impedindo o perseguidor e salvando o perseguido. No momento seguinte, a perna de Dick estava sobre a amurada, e ele foi salvo.

Mas o remo estava perdido.

CAPÍTULO XXI

A MÃO DO MAR

Não havia nada no bote que pudesse ser usado como remo; e a embarcação estava a apenas cinco ou seis metros de distância, no entanto tentar nadar até ele era a morte certa. Só que eles estavam sendo arrastados para o mar. Dick até poderia ter feito a tentativa, só que, a estibordo, a forma do tubarão, nadando suavemente no mesmo ritmo em que estavam à deriva, só podia ser vista meio velada pela água.

O pássaro empoleirado na amurada parecia adivinhar o problema, pois se elevou no ar, fez um círculo e voltou ao poleiro com todas as penas eriçadas.

Dick entrou em desespero, impotente, as mãos apertando a cabeça. A praia estava se afastando diante de seus olhos, as ondas retumbando atrás, mas ele não podia fazer nada. A ilha estava sendo tirada deles pela grande mão do mar.

Então, de repente, o barquinho entrou na corrente formada pela confluência das marés, dos braços direito e esquerdo da lagoa; o som das ondas aumentou de repente, como se uma porta tivesse sido aberta. As ondas caíam e as gaivotas grasnavam de ambos os lados, e por um momento o oceano pareceu hesitar se elas seriam levadas para seus desertos ou arremessadas na costa de coral. Essa aparente hesitação durou apenas um momento; então a força da maré prevaleceu sobre a força das ondas, e o pequeno bote levado pela corrente flutuou com suavidade em direção ao mar.

Dick se jogou ao lado de Emmeline, que estava sentada no fundo do barco segurando a criança no peito. O pássaro, vendo a terra recuar, e sábio em seu instinto, elevou-se no ar. Ele deu três voltas ao redor do barco à deriva e então, como um espírito bonito, mas infiel, foi para a praia.

CAPÍTULO XXII

JUNTOS

A os poucos, a ilha havia sumido de vista; ao pôr do sol era apenas um rastro, uma mancha no horizonte sudoeste. Era antes da lua nova, e o barquinho estava à deriva. Flutuou da luz do pôr do sol para um mundo de vago crepúsculo violeta, e agora estava flutuando sob as estrelas.

A garota, apertando o bebê contra o peito, encostou-se no ombro do companheiro; nenhum deles falou. Todas as maravilhas em sua curta existência culminaram nesta maravilha final, essa partida juntos do mundo do Tempo. Essa estranha viagem em que haviam embarcado — para onde?

Agora que o primeiro terror havia passado, eles não sentiam nem tristeza nem medo. Estavam juntos. Não importava o que acontecesse, nada poderia separá-los; mesmo que dormissem e nunca mais acordassem, dormiriam juntos. Pior seria se um tivesse sido deixado e o outro, levado!

Como se o pensamento tivesse ocorrido a eles simultaneamente, voltaram-se um para o outro, e seus lábios se encontraram, suas almas se encontraram, misturando-se num sonho; enquanto acima, no céu sem vento, o espaço respondeu com clarões de luz sideral, e a Canopeia brilhou e ardeu como a espada pontiaguda de Azrael.

Apertado na mão de Emmeline estava o último e mais misterioso presente do mundo fantástico que eles conheciam — o ramo de frutinhas vermelhas.

LIVRO III

CAPÍTULO I

LOUCO LESTRANGE

Na encosta do Pacífico eles o conheciam como "Louco Lestrange". Ele não era louco, mas era um homem com uma ideia fixa. Era perseguido por uma visão: a visão de duas crianças e um velho marinheiro à deriva num pequeno barco no vasto mar azul.

Quando o *Arago*, com destino a Papetee, resgatou os barcos do *Northumberland*, apenas as pessoas no escaler estavam vivas. Le Farge, o capitão, estava louco e nunca recuperou a razão. Lestrange estava totalmente destroçado; a terrível experiência nos barcos e a perda das crianças o tornaram um náufrago aparentemente indefeso. Os vagabundos, como toda sua classe, tinham se saído melhor e, em poucos dias, estavam em volta do navio e sentados ao sol. Quatro dias após o resgate, o *Arago* falou com o *Newcastle*, com destino a São Francisco, e transbordou os náufragos.

Se um médico tivesse visto Lestrange a bordo do *Northumberland* enquanto ele jazia naquela longa calma diante do fogo, teria declarado que nada além de um milagre poderia prolongar sua vida. E o milagre aconteceu.

No hospital geral de São Francisco, quando as nuvens se dissiparam de sua mente, desvelaram a imagem das crianças e do bote. A imagem estava ali todos os dias, vista mas não de fato compreendida; os horrores passados no barco aberto, a pura exaustão física, haviam fundido todos os acidentes do grande desastre num triste fato semicompreendido. Quando seu cérebro clareou, todos os outros incidentes ficaram fora de foco, e a memória, com os olhos fixos nas crianças, começou a pintar um quadro que ele estava cada vez mais distante de ver.

A memória não pode produzir uma imagem que a imaginação não retocou; e seus quadros, mesmo os menos tocados pela imaginação, não são meras fotografias, mas o trabalho de um artista. Tudo o que não é essencial a memória joga fora, tudo o que é essencial ela retém; ela idealiza, e é por isso que a imagem de uma amante perdida tinha o poder de manter um homem celibatário até o fim de seus dias, e por isso ela pode partir um coração humano com a imagem de uma criança morta. Ela é pintora, mas também é poetisa.

A imagem diante da mente de Lestrange estava repleta dessa poesia quase diabólica, pois nela o pequeno barco e sua tripulação indefesa eram representados à deriva num mar azul e ensolarado. Um mar muito bonito de se ver, mas ainda mais terrível, trazendo as lembranças da sede.

Ele estava morrendo, quando, erguendo-se sobre o cotovelo, por assim dizer, olhou para essa imagem. Isso o trouxe de volta à vida. Sua força de vontade se impôs e ele se recusou a morrer.

A vontade de um homem tem, se for forte o suficiente, o poder de rejeitar a morte. Ele não estava nem um pouco consciente do exercício desse poder; só sabia que um grande e absorvente interesse havia surgido nele de repente, e que um grande objetivo estava diante de si — o resgate das crianças.

A doença que o estava matando cessou seus estragos, ou melhor, foi morta por sua vez pelo aumento da vitalidade contra a qual tinha que lutar. Ele saiu do hospital e se alojou no Palace Hotel, e então, como o general de um exército, começou a formular seu plano de campanha contra o Destino.

Quando a tripulação do *Northumberland* debandara, jogando seus oficiais para o lado, baixando os botes com pressa e se lançando ao mar, tudo se perdera quanto aos documentos do navio; as cartas, os dois diários — tudo, na verdade, que pudesse indicar a latitude e longitude do desastre. O primeiro e o segundo oficiais e um aspirante da Marinha compartilharam o destino do barquinho; das pessoas resgatadas no escaler, nenhuma, é claro, poderia dar a menor dica sobre a localização do acidente.

Uma contagem de tempo do Chifre dizia pouco, pois não havia registro do evento. Tudo o que se podia dizer era que o desastre ocorrera em algum lugar ao sul da linha.

No cérebro de Le Farge estava com certeza a posição, e Lestrange foi ver o capitão na "Maison de Sante", onde ele estava sendo cuidado, e o encontrou completamente recuperado da mania furiosa de que vinha sofrendo. Bastante recuperado, e brincando com uma bola de lã colorida.

Restava o registro do *Arago*; nele se encontrariam a latitude e longitude dos barcos que ela havia resgatado.

O *Arago*, com destino a Papetee, atrasou. Lestrange observava as listas atrasadas dia a dia, semana a semana, mês a mês, inutilmente, pois nunca mais se ouviu falar do *Arago*. Não se podia afirmar sequer se tinha sido destruído; era simplesmente um dos navios que nunca voltaram do mar.

CAPÍTULO II

O SEGREDO DO AZUL-MARINHO

Perder um filho que se ama é sem dúvida a maior catástrofe que pode acontecer a um homem. E não me refiro à sua morte.

Uma criança vagueia pela rua, ou é deixada por sua babá por um momento e então desaparece. A princípio, a coisa não é percebida. Há uma angústia e uma pressa no coração que quase desaparecem, enquanto o entendimento explica que em uma cidade civilizada, se uma criança se perde, ela será encontrada e trazida de volta pelos vizinhos ou pela polícia.

Mas a polícia nada sabe do assunto, nem os vizinhos, e as horas passam. Qualquer minuto pode trazer de volta o andarilho; mas os minutos passam, e o dia se transforma em tarde, e a tarde se transforma em noite, e a noite se transforma em alvorecer, e os sons comuns de um novo dia começam.

Você não pode ficar em casa por inquietação; você sai, apenas para voltar às pressas para receber notícias. Você está eternamente esperando, e o que ouve o choca; os sons comuns da vida, o rolar das carroças e táxis na rua, os passos dos transeuntes estão cheios de uma tristeza indescritível; a música aumenta sua miséria e a transforma em loucura, e a alegria dos outros é monstruosa como o riso ouvido no inferno.

Se alguém lhe trouxesse o corpo morto da criança, você choraria, mas o abençoaria, pois é a incerteza que mata.

Você enlouquece, ou continua vivendo. Os anos passam e você é um homem velho. Você diz a si mesmo: "Ele teria feito vinte anos hoje".

Não há no antigo e feroz código penal de nossos antepassados uma punição adequada ao caso do homem ou da mulher que roubam uma criança.

Lestrange era um homem rico, e restava-lhe uma esperança de que as crianças pudessem ter sido resgatadas por algum navio que passasse. Não era o caso de crianças perdidas numa cidade, mas no amplo Pacífico, onde os navios viajam de todos os portos para todos os portos, e para anunciar sua perda adequadamente era necessário colocar um cartaz no mundo. Dez mil dólares era a recompensa oferecida por notícias dos perdidos, vinte mil pela recuperação; e o anúncio apareceu em todos os jornais que provavelmente alcançariam os olhos de algum marinheiro, do *Liverpool Post* ao *Dead Bird*.

Os anos se passaram sem que nada de definitivo surgisse em resposta a todos esses anúncios. Certa vez chegaram notícias de duas crianças salvas do mar no bairro dos Gilberts, e não eram notícias falsas, mas não eram as crianças que ele procurava. Esse incidente ao mesmo tempo o deprimiu e o estimulou, pois parecia dizer: "Se essas crianças foram salvas, por que não podem as suas?".

O estranho era que, em seu coração, ele sentia a certeza de que elas estavam vivas. Seu intelecto sugeria sua morte de vinte formas diferentes; mas um sussurro, em algum lugar daquele grande oceano azul, lhe dizia de tempos em tempos que o que ele procurava estava ali, vivendo e à sua espera.

Ele tinha um pouco do temperamento de Emmeline — um sonhador, com uma mente sintonizada para receber e registrar os raios sutis que enchem este mundo fluindo de intelecto para intelecto, e até mesmo do que chamamos de coisas inanimadas. Uma natureza mais grosseira, embora sentindo a dor de forma tão aguda, teria desistido desesperadamente da busca. Mas ele continuou; e no final do quinto ano, longe de desistir, fretou uma escuna e passou dezoito meses numa busca infrutífera, fazendo escala em ilhas pouco conhecidas, e uma vez, sem saber, numa ilha a apenas trezentas milhas de distância da minúscula ilha desta história.

Se você deseja sentir a desesperança dessa busca não guiada, não olhe para um mapa do Pacífico, mas vá até lá. Centenas e centenas de milhares de léguas quadradas de mar, milhares de ilhas, recifes, atóis.

Até alguns anos atrás, havia muitas pequenas ilhas totalmente desconhecidas; ainda existem algumas, embora as cartas do Pacífico sejam os maiores triunfos da hidrografia; e, embora a ilha da história estivesse realmente nas cartas do Almirantado, de que serviria esse fato para Lestrange?

Ele teria continuado procurando, mas não se atreveu, pois a desolação do mar o havia tocado.

Nesses dezoito meses, o Pacífico se explicou a ele em parte, explicou sua vastidão, seu sigilo e sua inviolabilidade. A escuna levantou véu sobre véu de distância, e ainda assim, véu sobre véu, estava além. Ele só podia se mover em linha reta; para vasculhar o deserto de água com alguma esperança, seria preciso ser dotado com o dom de se mover em todas as direções ao mesmo tempo.

Ele costumava se debruçar sobre o parapeito da amurada e observar as ondas passarem, como se questionasse a água. Então o pôr do sol começou a pesar em seu coração, e as estrelas falaram com ele numa nova língua, e ele soube que era hora de voltar, caso quisesse voltar com a mente inteira.

Quando voltou para São Francisco, ligou para seu agente, Wannamaker da Kearney Street, mas ainda não havia notícias.

CAPÍTULO III

CAPITÃO FOUNTAIN

Ele tinha um conjunto de quartos no Palace Hotel e vivia a vida de qualquer outro homem rico que não é viciado em prazer. Conhecia algumas das melhores pessoas da cidade e se comportava com tamanha sensatez em todos os aspectos que um estranho casual nunca teria adivinhado sua reputação de louco; mas, quando você o conhece melhor, às vezes descobre no meio de uma conversa que sua mente está longe do assunto; e, se você o seguisse na rua, o ouviria conversando consigo mesmo. Certa vez, num jantar, ele se levantou, saiu da sala e não voltou. Insignificâncias, mas suficientes para estabelecer uma espécie de reputação.

Certa manhã — para ser mais preciso, era o segundo dia de maio, exatamente oito anos e cinco meses após o naufrágio do *Northumberland* —, Lestrange estava lendo na sala de estar, quando a campainha do telefone, que ficava no canto do quarto, tocou. Ele foi até o aparelho.

— Você está aí? — soou uma voz alta e americana. — Lestrange... certo, desça e me encontre... Wannamaker... tenho novidades para você.

Lestrange segurou o fone por um momento, depois o colocou de volta no lugar. Aproximou-se de uma cadeira e sentou-se, segurando a cabeça entre as mãos, depois levantou-se e foi novamente ao telefone; mas não ousou usá-lo, não ousou destruir a esperança recém-nascida.

"Notícias!" Que mundo é contido nessa palavra!

Na Kearney Street, ele parou diante da porta do escritório do Wannamaker, recompondo-se e observando a multidão passar, então entrou e subiu as escadas. Ele empurrou uma porta de vaivém e entrou numa grande sala. O tilintar e o chocalho de uma dúzia de máquinas de escrever enchiam o lugar, e toda a pressa dos negócios; escriturários passavam e vinham com maços de correspondência nas mãos; e o próprio Wannamaker, levantando-se de uma mensagem que estava corrigindo numa das mesas das máquinas de escrever, viu o recém-chegado e o conduziu ao escritório particular.

— O que foi? — perguntou Lestrange.

— Só isso — disse o outro, pegando um pedaço de papel com nome e endereço. — Simon J. Fountain, da Rathray Street, número 45, West, que fica perto do cais, diz que viu seu anúncio numa edição antiga de um jornal, e ele acha que pode lhe dizer alguma coisa. Ele não especificou a natureza da informação, mas pode valer a pena descobrir.

— Eu vou até lá — informou Lestrange.

— Você conhece a Rathray Street?

— Não.

Wannamaker saiu e chamou um menino e deu-lhe algumas direções; então Lestrange e o menino partiram.

Lestrange saiu do escritório sem dizer "obrigado" ou se despedir de qualquer forma do agente de publicidade — que não se sentiu nem um pouco ofendido, pois conhecia seu cliente.

A Rathray Street é, ou era antes do terremoto, uma rua de pequenas casas limpas. Tinha um aspecto marítimo que era acentuado pelos perfumes marinhos dos cais próximos e pelo som de guinchos a vapor carregando ou descarregando carga — um som que não cessava nem de noite nem de dia enquanto o trabalho continuava sob o sol ou sob as lâmpadas de arco crepitantes.

O nº 45 era quase exatamente como seus companheiros, nem melhor nem pior; e a porta foi aberta por uma pequena mulher de meia-idade, elegante e empertigada. Ela era como um lugar-comum, sem dúvida, mas não comum para Lestrange.

— O sr. Fountain está? — perguntou. — Eu vim por causa do anúncio.

— Ah, é mesmo, senhor? — disse a mulher, abrindo caminho para ele entrar e mostrando-lhe uma pequena sala de estar à esquerda do corredor. — O capitão está na cama; ele é um grande inválido, mas estava esperando, talvez, que alguém ligasse, e ele poderá vê-lo num minuto, se você não se importar de esperar.

— Obrigado — agradeceu Lestrange. — Eu posso esperar.

Ele esperara oito anos, o que importavam mais alguns minutos? Mas em nenhum momento nos oito anos ele sofrera tanto suspense, pois seu coração sabia que agora, agora mesmo naquela casinha comum, dos lábios do, talvez, marido daquela mulher comum, ele iria descobrir ou o que temia ouvir ou o que esperava ouvir.

Era uma saleta deprimente; muito limpa e parecia que nunca fora usada. Um navio aprisionado numa garrafa de vidro estava sobre a lareira, e havia conchas de lugares distantes, fotos de navios na areia — todas as coisas que em geral se encontram adornando a casa de um velho marinheiro.

Lestrange, sentado esperando, podia ouvir movimentos da sala ao lado — provavelmente do inválido, que eles estavam preparando para sua recepção. Os sons distantes dos guindastes e guinchos vinham abafados pela janela bem fechada que parecia nunca ter sido aberta. Um quadrado de sol iluminava a parte superior da cortina de renda barata à direita da janela e repetia vagamente seu padrão na parte inferior da parede oposta. Então uma mosca varejeira despertou de repente e começou a zumbir e tamborilar contra a vidraça, e Lestrange desejou que eles aparecessem logo.

Um homem de seu temperamento deve necessariamente, mesmo nas circunstâncias mais felizes, sofrer ao passar pelo mundo; a fina fibra sempre sofre quando em contato com a grosseira. Essas pessoas eram tão bondosas quanto qualquer outra. O anúncio, o rosto e as maneiras do visitante poderiam ter dito a eles que não era hora de adiar, mas eles o mantiveram esperando enquanto arrumavam colchas e endireitavam frascos de remédios — como se ele pudesse ver!

Por fim, a porta se abriu e a mulher disse:

— Você pode vir aqui, senhor?

Ela o conduziu até um quarto que dava para a passagem. O cômodo estava arrumado e limpo, e tinha aquela aparência indescritível que marca o quarto do inválido.

Na cama, fazendo uma montanha sob a colcha com a barriga enormemente distendida, jazia um homem de barba preta e com as mãos grandes, capazes e inúteis estendidas sobre a colcha — mãos prontas e dispostas, mas impedidas de trabalhar. Sem mover o corpo, virou a cabeça lentamente e olhou para o recém-chegado. Esse movimento lento não era de fraqueza ou doença, era a natureza lenta e sem emoção do homem falando.

— Este é o cavalheiro, Silas — informou a mulher, falando por cima do ombro de Lestrange. Então ela se retirou e fechou a porta.

— Sente-se, senhor — pediu o capitão do mar, batendo uma das mãos na colcha como se protestasse cansado contra sua própria impotência. — Eu não tenho o prazer do seu nome, mas a patroa me disse que você veio por causa do anúncio que encontrei ontem.

Ele pegou um papel, dobrado bem pequenininho, que estava ao seu lado, e o estendeu ao visitante. Era um *Sidney Bulletin* de três anos.

— Sim, esse é o meu anúncio — disse Lestrange, olhando para o papel.

— Bem, é estranho, muito estranho, que eu o tenha encontrado ainda ontem — disse o capitão Fountain. — Eu o tive todos os três anos no meu peito, do jeito que papéis velhos ficam no fundo com miudezas e quinquilharias. Talvez não tenha visto agora, só que a patroa tirou a rifa do baú e, "Dê-me esse papel", falei, vendo-o em sua mão; e comecei a lê-lo, pois um homem lê qualquer folheto deitado na cama há oito meses, como tenho estado com a hidropisia. Sou baleeiro há quarenta anos, e meu último navio foi o *Sea-Horse*. Há mais de sete anos, um dos meus homens pegou algo na praia de uma daquelas ilhas a leste das Marquesas, que colocamos na água...

— Sim, sim — disse Lestrange. — O que foi que ele encontrou?

— Senhora! — rugiu o capitão com uma voz que estremeceu as paredes da sala.

A porta foi aberta e a mulher apareceu.

— Pegue minhas chaves no bolso da calça.

As calças estavam penduradas na parte de trás da porta, como se estivessem apenas esperando para serem vestidas. A mulher foi buscar as chaves, e ele as apalpou e encontrou uma. Então entregou a ela e apontou para a gaveta de uma cômoda em frente à cama.

Ela evidentemente sabia o que ele queria, pois abriu a gaveta, tirou uma caixa e depois lhe entregou. Era uma pequena caixa de papelão amarrada com um pedaço de barbante. Ele soltou o barbante e revelou um serviço de chá infantil: um bule, uma jarra de creme, seis pratinhos — todos pintados com um amor-perfeito.

Era a caixa que Emmeline vivia perdendo — perdida novamente.

Lestrange enterrou o rosto nas mãos. Ele conhecia aquelas coisas. Emmeline as mostrara a ele numa explosão de confiança. Em todo aquele vasto oceano, ele havia procurado inutilmente: haviam chegado a ele como uma mensagem, e a admiração e o mistério disso o curvaram e o esmagaram.

O capitão havia colocado as coisas no jornal estendido ao seu lado e estava desenrolando as pequenas colheres de sua cobertura de papel de seda. Ele as contou como se estivesse entrando na história de alguma confiança e as colocou no jornal.

— Quando você encontrou isso? — perguntou Lestrange, falando com o rosto ainda coberto.

— Há mais de sete anos — respondeu o capitão —, nós fomos pegar água num lugar ao sul da linha... Ilha da Palmeira, como os baleeiros a chamam, por causa da árvore na beira da lagoa. Um de meus homens trouxe a caixa a bordo, encontrou-a numa choupana construída de cana

— Bom Deus! — exclamou Lestrange. — Não havia ninguém lá? Nada além desta caixa?

— Nem uma visão ou som, assim disseram os homens; pelo que parece, só a cabana abandonada. Eu não tinha tempo para parar e caçar náufragos, eu estava atrás de baleias.

— Qual é o tamanho da ilha?

— Ah, uma ilha justa de tamanho médio, sem nativos. Ouvi dizer que é um tabu; ora, só Deus sabe. Algum excêntrico dos Kanakas, suponho. De qualquer forma, há isso aqui... você reconhece?

— Reconheço, sim.

— É estranho — disse o capitão —, que eu tenha pegado isso; é estranho o seu anúncio, e a resposta para ele estar entre minhas coisas, mas é assim que as coisas acontecem.

— Estranho! — disse o outro. — É mais do que estranho.

— Claro — continuou o capitão. — Eles podem estar na ilha escondidos em algum lugar, não há como saber; apenas as aparências dizem o contrário. É claro que eles podem estar lá agora sem o conhecimento de você ou de mim.

— Eles *estão* lá agora — respondeu Lestrange, que estava sentado e olhando para os brinquedos como se lesse neles alguma mensagem oculta. — Eles *estão* lá nesse momento. Você tem a posição da ilha?

— Tenho. Senhora, me dê meu registro particular.

Ela pegou um caderno preto volumoso e gorduroso da escrivaninha e o entregou. Ele o abriu, folheou as páginas e depois leu a latitude e a longitude.

— Registrei o dia da descoberta... aqui está o registro. "Adams trouxe a bordo a caixa de brinquedos de uma criança de uma cabana deserta, que os homens derrubaram; troquei por um calafetador de rum." O cruzeiro durou três anos e oito meses depois disso; só tínhamos saído havia três quando aconteceu. Esqueci tudo: três anos vasculhando o mundo atrás de baleias não ilumina a memória de um homem. Voltamos à direita e paramos em Nantucket. Então, depois de uma quinzena em terra firme e um mês de reparos, o velho *Sea-Horse* partiu de novo, e eu com ele. Foi para Honolulu que essa hidropisia me levou, e voltei para cá, para casa. Essa é a história. Não é muito, mas, vendo seu anúncio, pensei em responder.

Lestrange pegou a mão de Fountain e a apertou.

— Você viu a recompensa que ofereci? Não estou com meu talão de cheques aqui, mas você receberá o cheque em uma hora.

— Não, *senhor* — respondeu o capitão. — Se acontecer alguma coisa, não digo que não estou aberto a um pequeno reconhecimento, mas dez mil dólares por uma caixa de cinco centavos... essa não é minha maneira de fazer negócios.

— Eu não posso fazer você aceitar o dinheiro agora... Não posso nem agradecer direito agora — disse Lestrange. — Eu estou febril; mas quando tudo estiver resolvido, você e eu trataremos desse assunto. Meu Deus!

Ele enterrou o rosto nas mãos novamente.

— Não estou querendo me intrometer — disse o capitão Fountain, colocando lentamente as coisas de volta na caixa e enfiando as aparas de papel em volta delas —, mas já me intrometendo, posso perguntar como você pretende tocar este negócio?

— Vou alugar um navio imediatamente e procurar.

— Ah — exclamou o capitão, embrulhando as colheres de maneira meditativa. — Talvez seja o melhor.

Ele tinha certeza de que a busca seria infrutífera, mas não disse isso. Se estivesse absolutamente certo em sua mente sem ser capaz de apresentar a prova, não teria aconselhado Lestrange a qualquer outro curso, sabendo que a mente do homem nunca se aquietaria até que uma prova definitiva fosse apresentada.

— A questão é: qual é a maneira mais rápida de chegar lá? — questionou Lestrange.

— Com isso talvez eu possa ajudá-lo — disse Fountain, amarrando o barbante em volta da caixa. — Uma escuna com bons saltos é o que você quer; e, se não me engano, há uma descarregando neste momento no cais de O'Sullivan. Senhora!

A mulher atendeu ao chamado. Lestrange se sentia como uma pessoa num sonho, e essas pessoas que se interessavam por seus assuntos lhe pareciam benéficas além da natureza dos seres humanos.

— Sabe se o capitão Stannistreet está em casa?

— Não sei — respondeu a mulher —, mas posso ir ver.

— Faça isso.

E ela foi.

— Ele mora a apenas algumas portas — disse Fountain —, e é o homem certo para você. O melhor capitão de escuna que já partiu de Frisco. O *Raratonga* é o nome do barco que tenho em mente. O melhor barco que já usou cobre. Stannistreet é o capitão dele, os donos são os M'Vitie. O navio tem partido em missões, principalmente de porcos; sua última carga foi cobre, e quase a perderam. Ah, os M'Vitie o alugariam para Satanás por um bom preço; você não precisa ter medo de que fiquem confusos se puder arcar com os dólares. Compraram um novo conjunto de velas há bem pouco, no início do ano. Vou arquitetar a coisa desta cama se você me deixar colocar meu remo a seu serviço. Vou abastecê-lo e encontrar uma tripulação por três quartos do preço de qualquer um desses agentes sorrateiros. Ah, eu vou receber uma comissão, mas sou meio pago para fazer a coisa...

Ele parou, pois passos soaram na passagem do lado de fora, e o capitão Stannistreet foi apresentado. Era um jovem de não mais de trinta anos, alerta, rápido de olhar e com o rosto agradável. Fountain o apresentou a Lestrange, que gostara dele à primeira vista.

Quando soube do negócio em questão, pareceu imediatamente interessado; o caso parecia atraí-lo mais do que se fosse um assunto puramente comercial, como cobre e porcos.

— Se vier comigo até o cais, senhor, eu lhe mostro o barco agora mesmo — disse ele, depois de discutirem o assunto e debatê-lo completamente.

Ele se levantou, deu bom-dia para seu amigo Fountain, e Lestrange o seguiu, carregando a caixa de papel pardo na mão.

O cais de O'Sullivan não ficava longe. Um navio alto de cabo Horner que parecia quase irmão gêmeo do malfadado *Northumberland* estava descarregando ferro, e atrás dele, gracioso como um sonho, com deques brancos como a neve, estava o *Raratonga* descarregando cobre.

— Esse é o barco — apresentou Stannistreet. — Já está quase todo descarregado. Ele atende ao que o senhor precisa?

— Vou levá-lo — disse Lestrange —, custe o que custar.

CAPÍTULO IV

PARA O SUL

E ra dia 10 de maio, tão rapidamente as coisas se moveram sob a supervisão do capitão acamado, quando o *Raratonga*, com Lestrange a bordo, ultrapassou os Portões Dourados e seguiu para o sul, adernado a uma brisa de dez nós.

Não há modo de viagem que se compare a seu veleiro. Em um grande navio, se você já fez uma viagem em um, os vastos espaços de lona, os mastros altíssimos, a sutileza com que o vento é enfrentado e aproveitado, formarão uma memória que nunca será apagada.

Uma escuna é a rainha de todas as plataformas; ela tem uma flutuabilidade limitada negada à embarcação de corda quadrada, com a qual mantém a mesma relação de uma jovem com uma viúva; e o *Raratonga* não era apenas uma escuna, mas a rainha delas, reconhecida por todas as escunas do Pacífico.

Nos primeiros dias, eles fizeram um bom caminho para o sul; então o vento tornou-se desconcertante e os afastou.

Além da excitação febril de Lestrange, havia uma ansiedade, profunda e angustiante, como se uma voz semiouvida lhe dissesse que as crianças que procurava estavam ameaçadas por algum perigo.

Esses ventos desconcertantes sopraram sobre a ansiedade latente em seu peito, como o vento sopra sobre as brasas, fazendo-as brilhar. E duraram alguns dias, e então, como se o destino tivesse cedido, levantou-se a estibordo uma brisa forte, fazendo o cordame cantar uma melodia alegre e soprando os respingos vindos do encontro com a popa, enquanto o *Raratonga*, aderindo à sua pressão, foi cantarolando pelo mar, deixando um rastro se espalhando atrás de si como um leque.

Levou-os ao longo de quinhentas milhas, silenciosamente e com a velocidade de um sonho. Então cessou.

O oceano e o ar pararam. O céu acima estava sólido como uma grande cúpula azul-clara; exatamente onde encontrava a linha-d'água do horizonte distante, um delicado rendilhado de nuvens cobria todo o círculo do céu.

Eu disse que o oceano estava parado assim como o ar: aos olhos estava assim, pois a ondulação sob o brilho em sua superfície era tão uniforme, tão equânime e tão rítmica que a superfície parecia não estar em movimento. Uma vez e outra, uma covinha aparecia na superfície e tiras de algas escuras flutuavam, revelando o verde; coisas obscuras subiam à superfície e, adivinhando a presença do homem, afundavam lentamente e desapareciam de vista.

Dois dias se passaram, os quais nunca mais seriam recuperados, e a calma continuava. Na manhã do terceiro dia, o vento soprava de noroeste, e eles continuaram seu curso, uma nuvem de lona, cada vela sendo puxada e a música da ondulação sob a popa.

O capitão Stannistreet era um gênio em sua profissão; ele poderia obter mais velocidade de uma escuna do que qualquer outro homem, e carregar mais lona sem perder uma vara. Ele também era, para a sorte de Lestrange, um homem de refinamento e educação e, melhor ainda, compreensivo.

Estavam andando pelo convés uma tarde, quando Lestrange, que estava andando com as mãos às costas, e seus olhos contando as cavilhas marrons nas tábuas branco-creme, quebrou o silêncio:

— Você não acredita em visões e sonhos?

— Como você sabe disso? — respondeu o outro.

— Ah, eu só fiz uma pergunta; a maioria das pessoas diz que não.

— Sim, mas a maioria das pessoas acredita.

— Eu acredito — disse Lestrange.

Ele ficou em silêncio por um momento.

— Você conhece meu problema tão bem que não vou incomodá-lo recontando, mas ultimamente me ocorreu um sentimento... é como um sonho acordado.

— É mesmo?

— Não consigo explicar muito bem, pois é como se eu visse algo que minha inteligência não pudesse compreender ou fazer uma imagem.

— Acho que sei o que você quer dizer.

— Não acho que você saiba. Isso é algo bem estranho. Tenho cinquenta anos, e em cinquenta anos um homem experimentou, via de regra, todas as sensações comuns e a maioria das sensações extraordinárias a que um ser humano pode ser submetido. Bem, eu nunca tive essa sensação antes; ela vem apenas às vezes. Eu vejo, como você pode imaginar, como um bebê, e as coisas estão diante de mim de uma forma que não compreendo. Não é pelos olhos do meu corpo que essa sensação vem, mas por alguma janela da mente, diante da qual uma cortina foi puxada.

— Isso é estranho — comentou Stannistreet, que não gostou muito da conversa, sendo apenas um capitão de escuna e um homem comum, embora inteligente e simpático o suficiente.

— E essa coisa me diz — continuou Lestrange — que há perigo ameaçando o... — Ele parou um minuto e então, para alívio de Stannistreet, continuou: — Se eu falar assim você vai pensar que não estou bem da cabeça: vamos passar despercebidos, vamos esquecer sonhos e presságios e chegar à realidade. Você sabe como eu perdi as crianças; sabe como espero encontrá-las no local onde o capitão Fountain encontrou seus rastros? Ele diz que a ilha era desabitada, mas não tinha certeza.

— Não — respondeu Stannistreet —, ele só falou da praia.

— Sim. Bem, suponha que houvesse nativos do outro lado da ilha que tivessem levado essas crianças.

— Nesse caso, elas cresceriam com os nativos.

— E se tornariam selvagens?

— Sim; mas os polinésios não podem ser chamados de selvagens; eles são um povo muito decente. Eu tenho andado entre eles por um bom tempo, e um kanaka é tão branco quanto um homem branco... o que não quer dizer muito, mas é alguma coisa. A maioria das ilhas são civilizadas agora. É claro que existem algumas que não são, mas, ainda assim, suponha que até mesmo "selvagens", como você os chama, vieram e levaram as crianças...

A respiração de Lestrange ficou presa, pois esse era exatamente o medo que estava em seu coração, embora nunca o tivesse verbalizado.

— E o quê?

— Bem, elas seriam bem tratadas.

— E criadas como selvagens?

— Eu suponho que sim.

Lestrange suspirou.

— Olhe aqui — disse o capitão. — Está tudo muito bem, mas juro que acho que nós, os civilizados, temos muitos ares e temos muita pena dos selvagens.

— Como assim?

— O que um homem quer ser senão feliz?

— Certo.

— Bem, quem é mais feliz do que um selvagem nu num clima quente? Ah, ele está feliz o suficiente e nem sempre está praticando um ritual. Ele é um bom cavalheiro; tem saúde perfeita; vive a vida que um homem nasceu para viver face a face com a Natureza. Ele não vê o sol pela janela do escritório ou a lua pela fumaça das chaminés das fábricas; feliz e civilizado também, mas, Deus o abençoe, onde ele está? Os brancos o expulsaram; numa ou duas pequenas ilhas você ainda pode encontrá-los... uma migalha ou mais deles.

— Suponha... — disse Lestrange. — Suponha que essas crianças tenham sido criadas cara a cara com a Natureza...

— Sim?

— Vivendo essa vida livre...

— Sim?

— Acordar sob as estrelas — Lestrange estava falando com os olhos fixos, como se estivesse sobre algo muito distante —, dormir quando o sol se põe, sentindo o ar fresco, como este que sopra sobre nós, ao redor delas. Suponha que elas fossem assim, não seria uma crueldade trazê-las para o que chamamos de civilização?

— Acho que sim — disse Stannistreet.

Lestrange não disse nada, mas continuou andando pelo convés, a cabeça baixa e as mãos atrás das costas.

Certa noite, ao pôr do sol, Stannistreet disse:

— Estamos a duzentas e quarenta milhas da ilha, considerando os cálculos de hoje ao meio-dia. Vamos indo a toda aos dez nós mesmo com esta brisa; devemos chegar lá amanhã. Antes disso, se refrescar.

— Estou muito perturbado — revelou Lestrange.

Ele desceu, e o capitão da escuna balançou a cabeça e, envolvendo o braço em volta de um enfrechate, entregou seu corpo ao suave balanço da embarcação enquanto ela avançava, contornando o pôr do sol, esplêndido, e ao olho náutico cheio das belezas do clima.

A brisa não estava tão fresca na manhã seguinte, mas tinha soprado bastante durante toda a noite, e o *Raratonga* tinha feito um bom avanço. Por volta das onze, começou a rarear. A brisa tornou-se mais leve, apenas suficiente para manter as velas em movimento, e a esteira ondulando e rodopiando atrás. De repente, Stannistreet, que estava conversando com Lestrange, subiu alguns metros pelas mezenas e protegeu os olhos.

— O que é isso? — perguntou Lestrange.

— Um bote — respondeu ele. — Dê-me aquele copo que você encontrará na tipoia lá.

Ele nivelou o copo e olhou por um longo tempo sem falar.

— É um barco à deriva... um pequeno barco, vá em direção a ele. Espere! Vejo algo branco, não consigo distinguir. Olá! — E para o sujeito ao leme: — Mantenha-a um ponto a mais a estibordo. — Ele subiu no convés. — Nós vamos morrer por ele.

— Existe alguém nele? — perguntou Lestrange.

— Não consigo distinguir direito, mas vou baixar o bote-baleeiro e me aproximar pelo lado.

Ele deu ordens para que o bote fosse lançado e tripulado.

À medida que se aproximavam, era evidente que o barco à deriva, que parecia um bote de navio, continha algo, mas o quê, não se podia dizer.

Quando se aproximou o suficiente, Stannistreet baixou o leme e trouxe a escuna, com as velas ondulando. Ele ocupou seu lugar na proa do bote-baleeiro e Lestrange na popa. O barco foi abaixado, as cordas se soltaram e os remos dobraram para a água.

O pequeno bote era uma imagem triste enquanto flutuava, parecendo pouco maior que uma casca de noz. Em trinta braçadas, o nariz do bote-baleeiro estava tocando seu lado. Stannistreet agarrou a amurada.

No fundo do bote estava uma garota, nua, exceto por uma tira de tecido listrado colorido. Um de seus braços estava enroscado no pescoço de forma que ficava meio escondido por seu corpo, o outro enlaçava em parte a si mesmo, em parte seu companheiro, o corpo de um bebê. Eram nativos, evidentemente, naufragados ou perdidos por algum azar de alguma travessia inter-ilhas. Seus peitos subiam e desciam suavemente, e na mão da garota havia um galho de alguma árvore, e no galho uma única frutinha murcha.

— Eles estão mortos? — perguntou Lestrange, que adivinhou que havia pessoas no barco e estava de pé na popa do bote tentando enxergar.

— Não — informou Stannistreet. — Só estão dormindo.

HENRY DE VERE STACPOOLE

A LAGOA AZUL

Este livro foi impresso na fonte Cardo em papel Pólen® Bold 70g/m² pela gráfica Ipsis.

Os papéis utilizados nesta edição provêm de origens renováveis. Nossas florestas também merecem proteção.

PUBLICAMOS TESOUROS LITERÁRIOS PARA VOCÊ

editorawish.com.br